커피할래?

여행할래?

커피할래?
    여행할래?

발　　행 | 2019년 06월 10일
저　　자 | 최경희
펴낸이 | 한건희
펴낸곳 | 주식회사 부크크
출판사등록 | 2014.07.15.(제2014-16호)
주　　소 | 서울특별시 금천구 가산디지털1로 119 SK트윈테크타워 A동 305호
전　　화 | 1670-8316
이메일 | info@bookk.co.kr

ISBN | 979-11-272-7501-3

www.bookk.co.kr

커피할래?
여행할래?

최경희 지음

CONTENT

여는글   *6

1 핸드드립과 브루잉 ☞ 출발   * 9

2 에어로 프레스   * 15
                    ☞ 홍콩의 지하철 MTR

3 콜드 브루 ☞ 첫 번부터   * 24

4 칼리타 ☞ 홍콩의 좋은 점?   * 31

5 멜리타 ☞ 브루브로스(BREW BROS)   * 38

6 케멕스 ☞ 게이샤 커피   * 49

7 하리오 V60 드리퍼   *56
                    ☞ 커핑룸(CUPPINGROOM)

8 고노 ☞ 캣 스트리트와 벽화   *69

9 클레버 ☞ 로프텐(LOF 10)   * 78

10 프렌치 프레스   *89
                    ☞ 데드엔드와 시나몬 롤

11 사이폰
☞ CUPPING ROOM COFFEE ROASTERS   * 95

12 융드립 ☞ 미드레벨 에스컬레이터 * 105

☞ Tsim Chai Kee

13 모카포트 ☞ 타이청 에그타르트 *115

☞ 퍼시픽 커피(PACIFIC COFFEE)

14 베트남 카페핀 * 126

☞ 시티슈퍼(CITY SUPPER)

☞ 황당했던 레스토랑

15 칼리타 아이스 드립 * 135

☞ 심포니 오브 라이츠(A Symphony of Lights)

☞ THE COFFEE ACADEMICS

16 드립 백 * 146

☞ 드디어 호텔로 돌아오다

17 이브릭 ☞ 여행의 끝자락에서 * 151

☞ 다시 공항으로

맺는 글 * 166

"넌 왜 커피를 좋아하니?" 라고 묻는다면 난 답을 할 수가 없다. 왜냐하면 사랑도 무슨 이해타산이 있거나 이유가 있어서 하는 건 아니지 않은가! 나에겐 커피가 그렇다.

설명할 수 없이 그냥 좋다. 맹목적인 사랑이다. 헤어 나올 수 없는 블랙홀처럼...

단 하루라도 떼어 놓을 수 없는 숨쉬기와도 같은 존재가 된지 오래다. 어느 순간부터 커피를 제외시키고 인생을 말할 수가 없게 되어 버렸다.

그 중에서도 핸드 드립의 세계에 입문하면서 맛 본 싱글 커피는 충격적일 만큼 신세계였고 커피원두 만큼이나 다양한 커피 도구의 매력에서도 빠져 나올 수가 없었다.

각각의 도구로 커피를 만들었을 때의 다양하고 그 특징이 다 달라짐에 설레고 흥미로움에 기대감을 갖게 된다.

그렇게 배우고 연구하고 놀며 6여년의 세월이 흘렀다. 아마도 평생 멈추지 않고 커피놀이는 이어질 거 같은 운명적 느낌이 든다.

그래서 이곳 놀이 상자에 커피도구 이야기와 여행 이야기를 담았다. 물론 만드는 방법까지도 ...

일상에서도 여행에서도 커피는 빠질 수 없는 동반자이기에 언제든 궁금할 때 열어볼 수 있도록 만들어 두었다.

열쇠는 필요 없다. 그저 관심만 있다면 그 누구라도 환

영할테니까!

여행...　 그 설레임...　 거기에 커피 이야기...
2019년 2월 19일. 우린 여행을 떠났다.
사랑하는 딸과 엄마의 외출...
단 둘만의 여행은 처음이다.
그래서 더 특별한 시간들이다.
그리고 특별한 것이 한 가지 더 있다.
그 동안의 여행은 여행이외의 다른 것은 없었다.
그런데 이번엔 내게 목적이 생겼다.
사랑하는 커피!
　커피에 종사하는 사람들과 커피 꽤나 마신다는 이들은
국내뿐 아니라 국외로 커피투어나 산지투어도 마다하지
않는다. 나도 커피를 배우며 그 세계에 매료되면서 커피
로 유명한 일본이나 미국, 이태리, 호주,,,등으로 커피투어
를 가는 상상을 하곤 했다. 하지만 쉽지 않은 현실을 인
식하며 '언젠간 갈 수 있는 날이 있을 거야!' 하며 맘을
다독이곤 했었다.
　그러던 어느 날 여행의 기회가 왔다!
　홍콩! 오래전 유행하던 홍콩 영화 속에서나 볼 수 있었
던 그 장소들로 가게된 것이다.

'바리스타는 왜 그 카페에 갔을까?'란 책이 있다.

그 속엔 서울카페, 도쿄카페, 홍콩카페가 소개되어 있다. 현직 바리스타가 직접 여행을 하며 맛있는 커피집을 소개한 책이다. 늘 책속의 카페들을 언제쯤 가볼 수 있을까? 생각했었다. 서울에 있는 카페야 마음만 먹으면 언제든지 가볼 수가 있지만 다른 나라는 사정이 다르지 않은가!

내가 이번 여행이 설레는 이유는 여기에 있었다. 물론 자유여행이 아니어서 마음껏 다닐 수는 없었지만 일정 중 하루가 자유여행으로 주어졌다.

우린 선택 관광 코스가 아닌 로컬 속을 탐험하기로 의견을 모았다. 이 하루가 너무 흥분되고 기대에 차 오랜만에 가슴이 뛰는 것을 느꼈다.

이 책은 내게 추억의 창고와 같은 것이다. 그것도 가장 좋아하고 즐거워하는 커피놀이를 담은 나만의 놀이상자!

커피를 즐거워하는 사람들과 이 책을 함께 나누고 싶다. 거창한 커피여행 이야기는 아니지만,,, 이미 다녀왔을 수도 있겠지만 다시 한번 추억하는 시간으로 다가왔으면 한다.

2019년 꽃피는 3월즈음에...

최경희

1 핸드 드립과 브루잉

커피를 추출하는 방법 중 필터에 분쇄된 커피 가루를 담고 뜨거운 물을 부어 커피를 추출하는 것을 드립(drip) 방식이라고 한다.

이 방법은 일본에서 드립 포트를 이용하여 커피를 추출하는 핸드 드립 방식으로 발전하여 우리나라에도 들어오게 된 것이다.

우리나라는 일본의 영향으로 핸드 드립이라 하지만 미국이나 유럽에선 브루잉이라 부른다. 브루(brew)의 뜻은 맥주 만드는 것도 되지만 '커피나 차를 끓이다','우려내다'의 뜻도 있다. 커피가루에 물을 붓고 필터로 걸러 만드는 것을 말하니 핸드 드립과 같은 말이라고 할 수 있다.

예전엔 일본 스타일로 강배전된 원두로 진하게 내린 커피가 대세였지만 현재는 스페셜티 커피의 바람을 타고 미국이나 유럽스타일로 중배전된 원두로 마일드한 커피가 유행하고 있다.

하지만 결국 커피는 기호식품으로서 개인의 취향에 따라 달라질 수 밖에 없는 것이다. 지금부터 알아갈 추출도구를 통해 나의 취향을 찾아가면 좋겠다.

출 발

10 커피할래? 여행할래?

이른 아침! 공항으로 가는 길!

눈은 그쳐 있었지만 새벽에 눈이 꽤 많이 내린 모양이다. '설마 이 정도 가지고 비행기가 못 뜨는 건 아니겠지?' 살짝 걱정은 되었지만 '괜찮을 거야?' 생각했다.

순조롭게 도착해서 짐을 부치고 로밍도 끝내고 환전도 했다. 또한 공항 무료 서비스를 이용해 겨울코트도 맡기고 몸도 가볍게 게이트를 통과했다.

탑승시간까지 우린 간단히 아침식사와 커피를 마시기로 했다. 마침 커피앳웍스(coffee@works)가 눈에 띄었다. 공항에선 처음 보았다. 작년 현대백화점 천호점 1층에 입점한 카페다. SPC계열인데 백화점 1층에 생긴다 하여 깜짝 놀랐던 기억이 있다. 예전엔 1층은 귀금속과 화장품 또는 명품샵들이 즐비하고 커피전문점이 자리하는 것은 본 일이 없었다. 그 비싼 자리에 무슨 생각으로 들어온 것일까? 또한 백화점 관계자들은 어떤 이해타산이 맞아 내어 준걸까? 아리송하지만 대기업이라 가능할 것이란 추측만 해 볼 뿐이다. 우린 샌드위치와 커피를 주문했다. 난 브루윙커피 딸은 바닐라빈라떼를 시켰다. 다행히 브루윙커피가 있어 기분좋게 샌드위치와 먹었다.

12 커피할래? 여행할래?

난 늘 집에서 커피콩을 갈아 핸드드립으로 내려 먹는다. 그러다 보니 그 깔끔함과 각 나라의 싱글빈 맛에 매료된지라 밖에서 아메리카노를 잘 안 마신다. 물론 예외도 있다.

예전에 성수동 메쉬 커피에서 마신 아메리카노를 잊지 못한다. 그때도 딸과 함께 갔었는데 핸드드립이 있었지만 왠지 그땐 아메리카노를 시켰었다.

그런데 마신 순간 깜짝 놀랐다. 어떻게 아메리카노에서 핸드드립의 느낌과 똑같이 날 수 있는 건지 약간은 충격적으로 다가왔다. 그때 처음 느꼈던 거 같다. 그것은 이 집 주인장이 얼마나 커피 맛에 대한 확신과 노력을 하고 있는지를 그것은 곧 실력과 같이한다는 것을...

물론 맛이라는 건 주관적이다. 내 취향과 맞았던 것이겠지. 어쨌든 이 집은 마니아층이 해외에까지도 퍼져있다. 너무나 작은 카페이지만 이곳 로스터와 바리스타를 보면 이 일을 진심으로 즐기는 것을 알 수가 있었다.

음악에도 힙합이라는 장르가 있듯이 커피계에서는 매쉬 커피가 정말 힙한 카페였다. 젊음이 느껴지고 역동감이 있는 곳이다. 그러나 주인장들은 그리 젊지만은 않은 아재들이다. 놀랍지 않은가?

어느 때는 여기가 마치 외국인가 착각이 들기도 한다.

햇빛 좋은날 가게 밖에 옹기 종기 모여앉아 그들만

의 대화가 오간다. 그럴 때면 따뜻한 평안감을 느끼곤 한다. 가끔 가는 곳이지만 나의 마음 또한 공중 부양하는 곳이라 즐겁다.

우린 탑승시각을 맞추기 위해 걷기 시작했다. 대기했다가 줄을 서서 들어가기 시작했다. 그때까진 우리의 운명을 몰랐다. 들뜬 마음으로 '곧 출발하겠지?' 생각하고 있었는데 방송이 나온다.

눈이 많이 온 관계로 이륙할 활로의 눈을 치운 후 출발 하겠다는 거였다. 하지만 몇 번의 방송을 한 후에도 출발 할 기미는 보이지 않았다. 하물며 앞에 대기하고 있는 비행기가 먼저 출발해야 하기 때문에 대기한다는 방송 또한 몇 차례가 나왔다.

결국 우린 비행기 안에 앉아 3시간 가까이를 기다려야 했다. 거의 도착도 할 시간이었다. 시작도 하기 전에 이게 무슨 일인지 억울한 생각까지 들었다. 우여곡절 끝에 드디어 비행기는 힘차게 날아올랐다.

2 에어로프레스 Aeropress

메쉬 커피에서 브루윙 커피를 주문하면 에어로 프레스로 만들어 준다.

이 도구는 커다란 주사기 모양을 하고 있다. 내리는 방법도 단순하여 누구나 쉽고 빠르게 할 수 있는 게 장점이다. 또한 에스프레소를 만들어 베리에이션 음료에 활용할 수도 있고 바로 아메리카노도 만들 수 있다.

스포츠용품으로 유명한 미국의 '에어로비'사의 회장인 앨런 애들러가 발명한 도구다.

부피도 작고 가벼우며 트라이탄과 폴리프로필렌 소재라서 깨지지도 않기 때문에 집에서 뿐만 아니라 회사나 야외 그 어디라도 가지고 가서 커피를 만들 수가 있다. 다른 도구들에 비해 추출 시간이 짧아 쓴맛도 덜 하고 카페인도 적게 추출된다고 한다.

에어로 프레스는 바리스타 사이에서도 남성들이 좋아하는 커피도구 같다. 카페에서도 쉽게 만날 수 없고 여성 바리스타가 만들어준 건 마셔본 적이 없다.

다른 도구와 마찬가지로 월드 에어로프레스 챔피언십이라는 세계대회가 해마다 열린다. 내 기억으론 재작년

11월에 우리나라 강남 한 카페에서 열렸었다. 가진 못했지만 sns를 통해 대회를 보았었다. 마침 우리나라 선수가 결승전까지 올랐고 세계 3위에 랭킹 되었다.

난 이 대회가 무척 신선하고 신기함으로 다가왔다. 다른 대회들은 사실 모든 대회가 마찬가지이지만 무척 진지하고 엄숙하게 치러지는 것과 상반되게 너무나 자유로운 분위기에 충격적이기까지 했다.

마치 춤추는 바처럼 흥겹고 시끄럽기까지 한 음악이 흘러나오고 진행자들도 그 리듬에 맞춰 몸을 흔들며 멘트를 하고 있었다. 너무 자유로운 분위기에서 진행되고 있었고 선수들도 빠르게 손을 움직이고 있었지만 마치 그 순간을 즐기고 있는 것처럼 느껴졌다.

순위를 가리는 순간 또한 어찌 보면 장난스러울 만치 간단했다. 심사위원 세 명이 동시에 손가락으로 가장 맛있었던 커피를 가리키는 것이었다.

오호! 대회를 이렇게도 진행할 수 있다는 것을 처음 경험하였다. 그들의 축제였던 것이다.

에어로프레스

에어로 프레스로 추출하기

준비

1. 에어로프레스 본체

2. 에어로프레스 필터

3. 스패출러(스틱)

4. 원두 17g

5. 뜨거운 물 200g

6. 드립포트

7. 튼튼한 컵

추출 방법

1. 캡에 필터를 넣고 뜨거운 물로 필터를 헹군다.
2. 플렌저를 아래에 두고 그 위로 체임버를 끼운다.
3. 체임버에 커피가루를 담는다.
4. 뜨거운 물 70g을 골고루 붓는다.
5. 스패츌러를 이용해 5~6번 정도 저어준다.
6. 나머지 물을 골고루 붓고 한번 더 저어준다. 이때 물 줄기는 가늘게 해서 천천히 붓는다.
7. 체임버에 캡을 끼운 후 잠시 기다린다.
8. 튼튼한 잔으로 캡을 덮은 후 에어로프레스를 거꾸로 세운다.
9. 20~30초 정도 일정한 압력을 유지하며 손바닥으로 천천히 플런저를 눌러 커피를 추출한다.
10. 추출이 끝났으면 바로 캡을 열어 커피찌꺼기를 제거한다.

홍콩의 지하철 MTR

안 봐도 비디오이듯이 홍콩공항에 오후 늦게 도착하여 팀과 합류하지도 못하고 다른 가이드와 번갯불에 콩 볶듯 오늘의 일정을 마쳤고 다음날도 그저 그런 여행의 일정표대로 움직였다.

3일차 드디어 자유여행의 날이 밝았다. 가볍게 호텔 조식을 마친 후 책 두 권을 가슴에 안고 길을 나섰다.

호텔 바로 앞길을 건너려니 인도가 보이지 않는다. '이곳을 어떻게 건너야 하지?' 여기 사람들은 어디로 건너는지 기다려 보기로 했다. 마침 두 사람이 길을 건너고 있었는데 그냥 길을 가로질러 건너가고 있었다. 우리도 별 해결책 없이 그냥 건너기로 했는데 또 난제가 있다. 홍콩은 일본과 마찬가지로 운전석이 오른쪽이다. 그러다 보니 횡단보도 앞에서 습관적으로 실수 할 수 있는 것이 우린 항상 왼쪽을 주시한다. 이곳에선 그렇게 하다간 큰일이 날 수도 있다. 차는 오른쪽에서 오고 있으니까... 호텔 앞은 삼거리였고 전철역으로 가기 위해선 여기서 건너야 했는데 꺽이는 구간이라 잘 보이지가 않아 건너기가 쉽지 않았다. 몇 번의 망설임 끝에 차가 모두 지나간 걸 확인하고 겨우 건널 수 있었다.

우린 똑 같이 "어휴!"하며 한숨을 내쉬었다. 그런 다음 서로 손을 잡고 기분도 상쾌하게 룰루랄라 하며 가볍게 걸어 나갔다.

전철역까지 한 5분 정도 걸었던 거 같다. 그 앞에 버스 정류장이 있었는데 출근하려는 사람들인지 꽤 많이 서서 기다리고 있었다.

정류장을 지나 전철역 안으로 들어갔다. 표를 끊기 위해 둘러보니 무인 매표소가 있었다. 다행히 영어로도 쓰여 있어서 우리의 목적지인 성완역까지 가는 표를 두 장 끊었다. 홍콩의 전철 노선도를 보니 생각보다 간단한 편이었다. 노선도 많지가 않았고 우리나라처럼 길지도 않았다. 우리가 탄 역은 종점 다음 정류장이었기 때문에 한가한 편이라 앉을 수가 있었다.

하지만 몇 정거장을 지나 환승할 수 있는 구간이 되니 역시 사람들이 많이 타기 시작한다. '아마 출근길이겠지!' 라고 생각했다. 출근하는 모습들은 한국과 별반 다르진 않았다. 젊은이들은 모두 핸드폰에 집중하고 있었다. 다른 점이 있다고 한다면... 이 곳 여성들의 얼굴을 둘러보았는데 대부분이 전혀 화장을 안 하고 있었다. 우리완 사뭇 다른 광경이었다.

우리나라 젊은 여성들은 출근길 자리에 앉으면 파우치를 꺼내 놓는다. 마치 그림이라도 그리 듯 거울을 들고 화장을 하기 시작한다. 눈썹부터 그리기 시작해서 집에서 하듯이 편안하게 풀 메이컵을 당당히 끝낸다. 바쁜 아침 시간에 조금이라도 더 잠을 자기 위한 거라고 생각하니 마음에 안쓰러움이 느껴졌었다. 그런데 이곳에선 화장한 얼굴을 찾아보기가 어려웠다. 그 이유는 홍콩의 여름은 덥기도 하지만 습도가 너무 높아 화장을 해도 소용이 없다는 것이었다. 그래서 길을 지나가며 살이 닿는 것을 너무 싫어한다고 한다. 그런데 이 복잡함 속에서 어떻게 부딪치지 않고 지나갈 수 있는지는 알 수가 없었다. 우린 환승을 한번 한 뒤 원하는 역에서 내렸다.

콜드 브루 Cold Brew

콜드 브루라 하면 침출식을 의미한다. 우리에겐 더치 커피란 이름이 더 익숙하다. 먼저 시작된 것이 더치 커피이고 점적식 방법으로써 한 방울씩 물을 떨어트려서 원액을 얻는다.

콜드 브루가 큰 카테고리고 그 안에 더치커피가 속한다. 말 그대로 차가운 물을 사용하면 콜드 브루가 되는 것이다.

더치커피는 1600년대 네덜란드 선원들이 당시 식민지인 인도네시아에서 유럽으로 커피를 운반하던 중에 배에서 뜨거운 물 없이도 커피를 마시기 위해 만든 방법이라고 한다. 하지만 이 이야기는 일본의 커피업체에서 더치커피를 홍보하기 위해서 만든 마케팅이었다 하니 그 수단에 감탄할 따름이다.

침출식 콜드 브루는 미국의 한 화학 전공자가 위장이 약한 아내를 위해 노력하다 발명하였다고 한다. 지극한 아내사랑이 아름다운 스토리다.

둘 다 냉장고에서 숙성시켜 마시는데 숙성일자에 따라 맛도 달라 '커피의 와인'이라 불리기도 한다. 숙성되면서 커피성분들의 분자량이 커져 처음 내렸을 때보다 목 넘

김이 부드러워진다고 한다. 뜨거운 물로 내린 커피에 비해 향도 잘 머금고 있고 커피 오일과 지방산이 적어 위장에 부담을 덜 준다고 하니 참고하면 좋겠다.

하지만 냉장고에서 오랜 기간 보관할 수 있다고는 하나 내 생각엔 일주일 정도 두고 마시는 것이 좋을 거 같다. 오래될수록 맛도 떨어지고 공기 중의 세균이 들어가기 쉽기 때문이다.

만드는 방법은 시간이 많이 걸릴 뿐 어렵지 않으나 기구들은 가격이 꽤 나가는 편이다.

결국 콜드 브루라는 것이 커피가루를 찬물에 넣어 적당한 시간이 경과 후 걸러낸 것이니 집에선 이를 응용하여 깨끗한 통을 준비하고 면주머니에 원두 간 것을 넣고 물을 부어 냉장고 속에서 반나절이나 하룻밤 두었다가 걸러 숙성시켜 마셔도 무방할 거 같다.

또는 프렌치프레스가 있다면 커피가루와 물을 부어 냉장고에서 여러 시간 지난 후 필터를 내려서 마셔도 좋을 것이다.

이와키 워터드립(가정용 더치기구)

콜드브루 추출하기

준비

1. 이와키 워터드립기

2. 에어로프레스 종이 필터

3. 원두 50g

4. 차가운 물 500g

5. 담을 병

추출 방법

1. 필터를 여과기 아래쪽에 넣는다.
2. 분쇄된 커피가루를 담는다.
3. 커피가루를 균일하게 살짝 다져준다.
4. 여과기 속 커피가루위에 종이필터를 얹어준다.
5. 여과기 위에 바스켓을 올리고 찬물을 부어준다.
6. 중간에 있는 밸브를 조정해 물방울이 일정하게 떨어 지게 해준다.
7. 추출 중간 중간 물이 떨어지는 속도를 점검해 준다.
8. 추출이 끝나면 병입해 냉장보관을 해준다.
9. 하루 이틀 숙성해준 뒤 즐기면 좋겠다.

첫 번부터

18 GRAMS

77 Wing Long St, Sheung Wan, Hongkong

내가 성완 지역으로 정한건 책에 소개 된 홍콩카페가 9군데 중 5곳이 몰려 있어서이다. 하루 동안만 허락된 시간이니 당연히 이 지역으로 정해야했다.

꿈에 부풀어 이 주소를 들고 찾아 나섰다. 이 번지수를 왔다 갔다 하며 찾았지만 찾을 수가 없었다. 헉! 그런데 이게 웬일? 77번지 그 자리에 있어야 할 18GRAMS란 카페는 없었다. 다른 가게가 자리하고 있지 뭔가! 비단 우리나라만 가게가 사라지는 건 아닌 모양이다. 월드 바리스타 챔피언십 사이폰 부문 우승자를 배출한 카페라고 했다. 이곳에서 쓰는 원두는 홍콩 바리스타 대회의 공식 원두로 채택될 만큼 퀄리티가 있다고도 했다. 이곳 커피는 무난하면서도 나쁜 맛이 하나도 없고 군더더기 없이 깔끔해서 호불호 없이 대중들에게 사랑받을 맛이라고 했는데...

또한 날마다 다른 원산지의 콩으로 콜드 브루를 내린다고 한다. 운이 좋다면 마셔보지 못한 색다른 콜드 브루를 맛볼 수도 있다고 했다. 그래서 경험해 보고 싶었는데 첫 카페방문부터 꽝이라니 많이 아쉽기는 하였지만 하는 수 없이 발걸음을 돌려야했다.

4 칼리타 Kalita

일본의 칼리타사가 만든 드리퍼로서 가장 대중적으로 오래전부터 사용되어 왔다. 사다리꼴 모양으로 작은 구멍이 세 개가 있어 추출속도가 적당하게 유지된다.

반 침지 여과방식으로 적당히 진하면서 부드러운 맛과 커피의 향이 잘 표현된다.

드리퍼를 가장 먼저 발명한 나라는 독일이었지만 다양하게 만들고 발전시킨 나라는 일본이다.

우리나라도 일본의 영향으로 핸드 드립방식이 유행했었다.

예전엔 카페에서 핸드드립을 주문하면 가장 많이 사용했던 드리퍼가 바로 칼리타였다. 점차 하리오에게 그 자리를 내어 주었고 요즘은 푸어 오버 방식이 대세를 이루는 거 같다.

재질도 가장 저렴하고 가벼운 플라스틱부터 도자기 재질로 예열하면 보온이 좋은 세라믹과 가장 가격이 비싸지만 열전도율과 보온성이 좋은 동드리퍼까지 다양하게 있다.

칼리타

윗사진: 위에서 본 모습 > 아랫사진: 뒤집어 본 모습

칼리타로 추출하기

준비

1. 칼리타 드리퍼

2. 종이 필터

3. 원두 20g

4. 끓인 물(88도~92도)

5. 드립 서버

6. 드립 포트

7. 잔

추출 방법

1. 필터를 접는다.
2. 드리퍼와 서버에 물을 부어 예열한다.
3. 드리퍼에 필터를 밀착시키고 분쇄한 커피가루를 넣는다.
4. 중심부터 나선형으로 물을 가늘고 촘촘하게 커피가 젖을 정도만 부어준다.
5. 물을 준후 30초 정도 뜸들이기를 해준다.
6. 1차 추출을 위해 중앙부터 나선형으로 물을 준다.
   (천천히 100ml정도)
7. 거품이 다 가라앉기 전에 2차 추출을 한다.
   (50ml정도)
8. 다시 3차 추출은 물 맞추기 개념으로 빠르게 한다.
   (50ml정도)
9. 원하는 양이 차면 드리퍼를 걷어낸다.
   (200~240ml)
10. 예열된 잔에 커피를 따른다.

홍콩의 좋은 점?

　구글앱을 이용하여 다시금 길을 나섰다. 이곳 홍콩은 좋은 점이 한 가지 있었다. 인구수에 비해 땅이 적다보니 아파트는 고층으로 올라가고 건물과 건물사이가 다닥다닥 붙어 있는 구조이다. 카페를 찾으며 걸어보니 번지수의 차이가 생각보다 굉장히 가까이 있었다.

우리나라 번지수를 생각하고 이 정도는 걸어가야 나오겠지 하고 올려다보면 이미 지나쳐 있었다.

전철역과 역의 간격도 생각보다 짧았다. 그렇다 보니 우리 같은 뚜벅이 여행객에겐 참으로 편한 이점으로 작용한다. 모르고 찾아가는 거였지만 짧은 시간에 찾을 수가 있었다.

우스운 애기를 한 가지 하자면 이렇게 땅이 적다보니 무덤에 관을 세워서 묻었다고 한다. 지금은 무덤을 쓸 수 없고 법으로 모두 화장해야 한다고 한다.

옛날에 강시 영화 한번쯤은 모두 보았을 것이다. 그때 그냥 홍콩 귀신이 강시라고만 생각했었다. 강시는 무릎을 구부리지도 팔꿈치를 구부리지도 못하고 뻣뻣하게 두발로 콩콩 거리며 뛰어다닌다. 이제야 거기에도 이유가 있다는 것을 알았다. 옛날의 홍콩 사람들은 죽어서도 편안할 수가 없는 운명이었나 보다. 죽어서도 영원히 서서 있어야 했다니 마음이 짠하기까지 했다. 서 있는 상태로 몸이 굳어 귀신이 되어서도 그렇게 껑충거리며 다닌다는 웃픈 전설이 아닐 수 없었다.

5 멜리타 Melitta

독일의 멜리타 벤츠(Melitta Bentz)라고 하는 부인이 커피 찌꺼기를 없애는 방법을 생각하다가 만든 아이디어다. 당시엔 커피와 물을 같이 끓여 걸러서 만들어 마셨기 때문에 찌꺼기로 인해 불편함을 느꼈던 모양이다.

멜리츠 부인은 놋그릇에 구멍을 내고 아들의 노트를 찢어 놋그릇 속에 깔아 필터로 사용했다. 덕분에 깔끔하고 부드러운 커피를 마실 수 있게 되었다.

특허등록을 하고 자신의 이름 '멜리타'로 회사를 설립하게 된다. 1960년에 와서야 현재의 모체가 되는 사다리꼴 모양의 드리퍼와 필터가 만들어진다.

멜리타는 추출구가 작은 구멍이 한 개로써 물이 커피에 머무는 시간이 길어지고 천천히 추출된다. 그래서 바디감이 좋고 감칠맛이 나는 커피를 만들 수가 있다.

요즘으로 말하면 주부들이 가정생활 속에서 불편한 것에서 아이디어를 내 발명특허까지 내고 실용화까지 이루어지는데 멜리타 부인이 그 선두 주자가 아닐까 생각해 본다.

멜리타

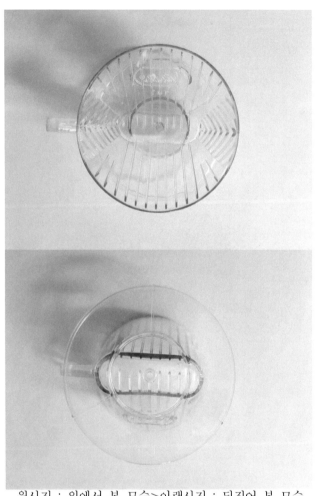

윗사진 : 위에서 본 모습>아랫사진 : 뒤집어 본 모습

멜리타로 추출하기

준비

1. 멜리타 드리퍼

2. 종이 필터

3. 원두 18g~20g

4. 끓인물 (88도~92도)

5. 드립 서버

6. 드립 포트

7. 잔

추출 방법

1. 필터를 접는다.
2. 드리퍼와 서버에 물을 부어 예열한다.
3. 드리퍼에 필터를 밀착시키고 분쇄한 커피가루를 넣는다.
4. 중심부터 나선형으로 물을 가늘고 촘촘하게 커피가 젖을 정도만 부어준다.
5. 물을 준 후 30초 정도 뜸들이기를 한다.
6. 추출을 시작하면 천천히 물줄기를 가늘게 유지하며 조절한다.
7. 추출을 시작하면 멈추지 말고 끝까지 물을 주어 완성한다.
8. 원하는 양이 차면 드리퍼를 걷어낸다.
   (200~240ml정도)
9. 예열된 잔에 커피를 따른다.

브루 브로스(BREW BROS)

브루 브로스(BREW BROS)

Shop F2, LG/F, 33 Hillier Street, sheung Wan, Hongkong

우린 쉽게 브루 브로스를 찾을 수 있었다. 그 주소 자리에 떡하니 브루 브로스 간판이 자리하고 있었다. 얼마나 반갑던지 드디어 홍콩에 와서 첫 커피를 마실 수 있게 되었다.

이곳은 외국 속의 또 다른 외국 같은 느낌이라고 했다. 그 이유는 이집 주인장이 호주 여행을 하다가 입맛에 딱 맞는 커피를 발견했다고 한다. 그는 본인이 커피를 로스팅해서 맛을 찾아내기 보단 그냥 자신이 좋아하는 커피를 공수 받아 쓰는 것을 택했다고 한다. 매주 금요일 호주의 마켓레인이라는 카페에게 항공으로 원두를 배송 받는다는 것이다. 그래서 주인은 맛을 찾기 위해 겪는 여러 스트레스를 배제하고 손님에게 호감을 살 수 있는 것을 파악하고 거기에 더 집중한다는 것이었다.

난 들뜬 마음으로 얼른 가게 안으로 들어섰다. 가게는 매우 자그마했다. 긴 직사각형의 구조였는데 카운터 커피작업대와 브런치 만드는 공간을 길게 만들었다. 결국 손님이 앉을 수 있는 공간은 맞은편 벽을 따라 길게 배치되어 있었다.

맨 안쪽 끝자리만 테이블이 제법 커서 여럿이 앉을 수 있는 자리가 있었다.

다행히 우리가 앉을 수 있는 자리가 남아 있었다. 가게가 작기도 하고 사람들이 많이 찾는 카페라 어느 시간이나 만석이라고 소개되어 있었다. 우린 자리를 잡고 커피를 고르려 했는데 직원이 먼저 주문을 하고 앉으라고 했다. 사뭇 우리와 다른 방식에 살짝 움츠러 들었다.

난 필터 커피로 게이샤를 시켰고 딸은 플렛 화이트를 시켰다. 이 카페서 가장 비싼 커피가 게이샤였다. 바리스

　타가 이 집을 추천했을 땐 이유가 있겠지? 잔은 깔끔
하긴 했지만 아무 무늬도 없는 평범한 흰색 커피잔이었
고 서버대신 투명한 유리보틀이었다. 잔이 예쁘면 더 좋
겠지만 크게 상관은 없었다. 맛만 보장이 된다면 말이다.

첫 모금을 머금은 순간 난 미소가 절로 퍼져 나왔다. 어쩜 내가 가장 좋아하는 스타일의 커피였다. 황홀하고 행복한 순간이었다. 가벼우면서도 가볍지만은 않은 풍미가 있었고 과일의 달콤하면서도 적당한 산미가 느껴졌다. 마치 꽃을 머금은 듯한 기분을 한층 업 시켜 주는 향미였고 마지막은 고급스러운 긴 여운으로 남았다.

내 모습을 본 딸도 너무 궁금했는지 얼른 입에 잔을 갖다 대었다. 맛을 본 딸의 반응은 "엄마, 마치 봄 같은 느낌 이예요!" 하며 손으로 날갯짓을 해 보인다. "그렇지?" 하며 난 빙그레 웃어보였다. 그만큼 기분이 공중에 떠있는 것 같았다.

이런 커피 한잔의 행복감이라니... 소소한 행복!

이 순간만큼은 흥분된 행복감을 만끽했다. 성수동에 얼마 전 새로운 카페가 생겼는데 이곳에서도 마켓레인 원두를 쓴다고 했다. 벤치마킹을 한 건지는 모르겠지만 조만간 들러서 마셔볼 생각이다. '이곳 카페와 비교해 볼 수 있겠지?' 벌써 기대감에 부푼다.

딸이 마신 플랫 화이트

딸 또한 플랫 화이트를 아주 만족스럽게 마셨다. 맛을
보니 부드러우면서도 우유와 잘 어우러져 맛이 있었다.

6 케멕스 Chemex

독일의 화학자인 피터 제이 쉴럼봄(Peter J. Schlumbo hm)박사가 1941년에 발명한 도구이다.

커피를 좋아했던 그는 과학 원리를 이용해 실험실 도구로 가정에서 사용할 커피메이커를 만들고 싶어 했다.

실험실에서 사용하는 삼각 플라스크 모양과 비슷하지만 동화에 나오는 호리병처럼 곡선미가 예술이다. 케멕스의 아름다운 디자인은 세계적으로 인정받아 미술관과 박물관에도 영구 전시되어 있다. 또한 한 공과대학에서 선정한 현대 100대 디자인의 하나로 뽑히기도 했다.

드리퍼와 드립서버가 일체형으로 되어있어 사용이 간편하고 특징중 하나가 두터운 종이 필터에 있는데 커피를 내릴 때 안 좋은 성분들을 많이 걸러준다고 한다. 그래서 다른 도구에 비해 깨끗하고 마일드한 은은한 향미를 낸다고 한다.

다만 다른 도구의 필터보다 가격이 비싼 편이지만 맛있는 커피 한잔을 위해서라면 그 정도 투자는 할 만하다고 생각된다.

케멕스

케멕스로 추출하기

준비

1. 케멕스 글라스

2. 케멕스 전용 필터

3. 원두(1인분 약15g 정도)

4. 뜨거운 물(93도 정도)

5. 드립 포트

6. 잔

추출 방법

1. 케멕스 전용 필터를 접은 후 세 겹으로 된 두꺼운 부분이 에어채널 쪽으로 오도록 끼운다.
2. 뜨거운 물을 부어 필터를 린싱하고 케멕스 본체를 예열한다.
3. 필터를 그대로 둔 채 예열된 물을 에어채널을 통해 버린다.
4. 커피가루를 필터에 넣는다.
5. 커피가루가 충분히 젖을 만큼 뜨거운 물을 붓고 30초 정도 뜸을 들인다.
6. 가운데에서 나선형으로 물을 주기 시작해서 원하는 양만큼 물을 한 번에 부어준다.
7. 원하는 양만큼 추출이 되면 바로 필터를 제거한다.
8. 케멕스를 둥글게 돌려 흔들어 고루 섞이게 한 후 예열된 잔에 커피를 따른다.

게이샤 커피

게이샤란 커피 종자 중 하나다. 일본 게이샤와 영문 표기는 같지만 전혀 관련이 없다. 나쁜 아니라 대다수의 사람들이 처음엔 일본 게이샤를 먼저 떠올린다.

원래는 에티오피아란 나라의 게이샤 또는 게샤라 부르는 지역에서 발견되었다. 이 원두가 먼 훗날 파나마에까지 전해졌다고 한다.

파나마 에스메랄다 농장에서 해발 1,600m~1,800m 고지대에 심은 게이샤 커피가 특별한 풍미를 가졌다는 사실을 발견했다고 한다. 해마다 열리는 커피 경매 '베스트 오브 파나마'에 2004년 게이샤 커피를 처음 출품하였고 최고 평점을 받았다. 다음해인 2005, 2006, 2007, 2009, 2010년에도 1위를 차지했으며 미국서 열린 커피 평가 대회에서도 2005~2007년 1위에 올랐다.

2005년 COE에서 1위를 하면서 유명해졌다. 2004년 파나마 커피 품평대회에서 커퍼들이 "커피에서 신의 얼굴을 보았다"라고 했다고 한다.

도대체 어떤 맛이길래 이런 표현이 나올 수 있는 것일까? 정말 궁금하기도 하고 품질도 품질이지만 고가의 커피를 맛볼 수 있는 기회가 있을까? 이런 커피를 우리 나라에서 볼 수 있는지조차도 잘 모르겠다.

매번 커피 경매 사상 최고가를 경신한다고 한다. 2017년 100파운드(45kg) 6만 100달러(6,700만원)에 파나마 에스메랄다 농장의 게이샤가 호주 커피 회사에 낙찰되었다고 한다. 그저 억! 소리가 나온다.

요즘은 커피에 대해선 잘 몰라도 게이샤하면 모르는 사람이 많지 않은 거 같다. 해마다 11월이면 우리나라 최대 커피 박람회가 코엑스에서 열린다. 나도 매년 커피 박람회에 방문한다. 처음만큼 새로운 것은 없지만 그래도 꾸준히 커피 기구들이 개발되어 신상품이 나오기도 하고 요즘은 스몰 로스터리 카페들이 많이 참여한다. SNS로만 접하던 지방에 있는 카페들도 나오기 때문에 찾아가 맛보기도 하고 원두도 구매한다.

작년엔 일본 카페도 참여하여 맛볼 기회가 있었다. 박람회에선 무료로 커피를 다양하게 시음할 수 있는데 단연 많은 곳에서 게이샤를 들고 나온다. 특히 생두 수입 회사들 혹은 산지에서 직접 온 회사들도 있다.

너도나도 게이샤 커피를 맛보려고 줄을 선다. 유명한 만큼 인기도 높다.

이렇게 유명세를 타는 게이샤종을 이제 수많은 나라에서 모두 심어 키운다. 그래서 지금은 여러나라의 게이샤를 맛볼 수가 있다.

브루 브로스에서 마신 게이샤 또한 볼리비아에서 나온 것이다. 물론 맛은 조금씩은 다 다르다. 아직 파나마 에스메랄다 게이샤를 능가하는 게이샤는 없다고 생각된다. 하지만 게이샤종이 가지고 있는 여러 가지 느낌들은 가지고 있다.

지금도 각 커피생산국 농장들은 좋은 커피를 만들려고 끊임없이 노력하고 있지만 내가 생각할 때 아직까지 이 커피를 뛰어 넘는 커피는 나오지 않은 거 같다. 물론 내가 그 많은 커피들을 맛 볼 기회도 없었지만 전문가들이 하는 애기도 그렇고 당분간은 게이샤의 인기가 잠들지 않을 거 같다.

7 하리오 V60 드리퍼

우리나라 카페에서 브루윙 커피를 주문하면 많은 곳에서 하리오를 이용해서 내려준다. 이곳 홍콩에서도 내가 브루윙을 주문한 브루 브로스와 커핑 룸에서도 하리오를 사용했다.

미국의 스페셜티 카페들을 중심으로 유명해졌다는데 아마 연하게 마시는 미국사람들의 기호 때문일 것이다.

원뿔모양에 리브모양이 회오리 형태를 하고 있고 다른 드리퍼에 비해 큰 구멍을 가지고 있어 비교적 빠르게 추출이 된다. 맛 또한 부드러우며 깔끔하고 풍부한 향미가 특징이다.

방법 또한 핸드드립 형태와 물줄기를 신경 쓰지 않고 부어 반은 침지 형태로 내리는 푸어 오버 방식도 있다. 미국이나 유럽에선 푸어 오버 방식을 사용하고 있다. 우리나라에서도 지금은 많은 카페에서 푸어 오버 방식을 사용하고 있다. 편리성과 누가 내려도 비슷한 맛을 내기 때문이 아닐까 생각된다. 핸드드립 형태는 내리는 사람에 따라 그 맛이 천차만별이기 때문이다. 매장에선 어떤 바리스타가 내리더라도 일률적인 맛을 손님에게 서비스해야 한다고 여긴다.

하리오

윗사진 : 위에서 본 모습>아랫사진 : 뒤집어 본 모습

하리오로 추출하기

준비

1. 하리오 드리퍼

2. 종이 필터

3. 원두 20g

4. 끓인 물(88도~92도)

5. 드립 서버

6. 드립 포트

7. 잔

추출 방법

1. 필터를 접는다.
2. 드리퍼와 서버에 물을 부어 예열한다.
3. 드리퍼에 필터를 밀착시키고 분쇄한 커피가루를 넣는다.
4. 중심부터 나선형으로 물을 가늘고 촘촘하게 커피가 젖을 정도만 부어준다.
5. 물을 준 후 30초정도 뜸들이기 한다.
6. 추출을 시작하면 천천히 물줄기를 가늘게 유지하며 조절한다.
7. 추출을 시작하면 멈추지 말고 끝까지 물을 준다.
8. 원하는 양이 차면 바로 드리퍼를 걷어낸다. (200~240ml정도)
9. 예열된 잔에 커피를 따른다.

커핑룸(CUPPINGROOM)

Shop LG/F 299 Queen's Road Central, Sheung wan,Hongkong

다시 다음 카페로 발걸음을 부지런히 움직였다. 그런데 애써 찾을 것도 없었다. 브루 브로스와 등을 맞대고 있는 모양새였다. 단 몇 발짝 뒤로 돌아가니 The Cupping Room이 있었다. 이게 웬 횡재인가 싶었다.

밖에는 길다란 벤치가 하나 놓여 있었는데 한국 아주머니 몇 분이 사진을 찍고 있었다. 카페에선 한국 할아버지 몇 분이 나오고 계셨다. 한국 사람에게 많이 알려진 카페였다.

책에 소개된 것도 우리나라에 가장 많이 알려진 홍콩 카페라고 했고 바리스타 세계에서도 전 세계적으로 이름을 떨치고 있는 오너 바리스타 'Kopo Chiu'가 일하는 곳이라고 했다. 그는 홍콩 바리스타 챔피언십의 우승자이자 2014년 월드 바리스타 챔피언십 준우승자라고 했다.

우리도 바깥 벤치에서 사진 몇 장을 찍고 안으로 들어갔다. 여기도 다행히 우리를 위한 자리가 있었다. 우리가 간 시간대가 점심시간 전이라 그런 거 같다. 점심시간엔 예약이 다 차서 자리가 없다고 했다. 적당한 크기의 카페엔 적당히 많은 사람들이 앉아 있었다. 카페 문을 포함해 전면이 통유리로 되어 있고 유리엔 테이블이 길게 붙어 있어 혼자 앉기에 좋은 자리였지만 오늘은 서양인 둘이 앉아 담소를 나누고 있었다. 바 의자로 높게 앉는 자리였다. 그럼에도 불구하고 이 자리가 좋은 모양이다.

이 카페는 홍콩 현지인보다 외국인이 많다고 했는데 역시 우리가 보기에도 훨씬 많아 보였다. 한국인 남녀 젊은이도 브런치를 먹고 있었다.

딸은 이번에도 플랫 화이트를 고르고 난 또 브르윙 커피를 마시기 위해 메뉴판을 보니 필터커피라고만 쓰여 있어서 카운터 벽에 쓰인 메뉴를 보고 있었더니 직원이 또 다른 메뉴판을 가져다준다. 사실 앉은 자리에서 거리가 있어 글씨가 잘 보이지 않았다. 직원이 눈치도 빠르고 친절한 거 같다.

여기도 게이샤가 두 종류나 있었다. 하나는 에티오피아 게이샤 빌리지 내츄럴이었고 다른 하나는 볼리비아 LAS ALASITAS 게이샤였다. 게이샤 빌리지는 한국서 먹어본 기억이 있어서 볼리비아 게이샤를 주문했다.

잠시 후 커피가 나왔다. 필터 커피는 손잡이가 없는 튜명한 유리잔과 커피는 불투명한 진한 고동색 화병같이 생긴 유리병에 나왔다. 우리나라도 캐쥬얼한 카페에선 잔에 크게 구애받지 않지만 핸드드립 커피는 역시 엔틱한 예쁜 잔에 마시는 것이 더 기분이 좋다.

기대감을 안고 한모금 입안에 머금었다가 넘겼다. 브루브로스 게이샤와는 또 다른 느낌이었다. 물론 테이스팅 노트가 달랐다. Tea Rose, Mandarin, Earl Graey 라고 적힌 네임카드가 놓여 있었다.

　브루브로스의 게이샤가 봄의 느낌이었다면 커핑룸의 게이샤는 가을의 느낌이 묻어났다. 톤다운 된 좀 더 묵직한 느낌이다. 그렇지만 부드러운 산미와 신비로운 꽃향이 두 번째 잔인데도 불구하고 목으로 술술 넘어갔다. 커피를 너무 좋아하지만 카페인에 자유롭지 못한 난 하루 한잔 이상을 잘 못마신다. 그것이 내겐 늘 너무 아쉬운 점이다. 그런데 시간 차이도 별로 없이 연속으로 두 잔을 모두 비웠다는 건 사실 처음 있는 일이었다. 커피

가격이 비싼 편이기도 했지만 너무 맛있고 편안한 커피라 한방울도 남기지 않고 내 위장에 허락했다. 괜찮을지 의구심은 들었다. 그래도 내가 즐겁고 흥미로우면 된거다. 커핑룸은 브런치도 유명하다. 비단 커핑룸만의 얘기는 아니다. 홍콩이 우리나라와 다른 점이 있다면 바로이 브런치다. 우리나라도 브런치 카페는 많이 있다. 하지만 브런치 카페는 중점이 음식에 있다. 물론 커피를 소홀히 한다는 얘기는 아니지만 음식만큼은 아닌 것 같다는 내 생각이다. 우리나라 카페들을 생각하면 주가 커피

BREAKFAST OF CHAMPIONS

WEEKDAYS 8:00AM - 4:00PM / WEEKENDS / PUBLIC HOLIDAYS 8:00AM - 5:00PM

FULL BREKKY
FRIED EGGS, STREAKY BACON,
VINE TOMATO, PORTABELLO MUSHROOM
NUMBURGER SAUSAGES
ON SOURDOUGH TOAST

~ $138 ~

**EGG BENEDICT
W/SMOKED SALMON**
POACHED EGGS & SMOKED SALMON
BABY SPINACH, AERATED HOLLANDAISE
CITRUS FRUIT & LEAVES
ON SOURDOUGH TOAST

~ $108 ~

**AVOCADO ON TOAST
W/POACHED EGG**
SEASONAL AVOCADO WITH MAYO,
RICOTTA CHEESE, RADISH, ALMOND ON
SOURDOUGH TOAST W/POACHED EGG

~ $108 ~

**HOUSE CURED SALMON
W/POACHED EGG**
HOUSE CURED SALMON CUCUMBER, LEAVES
LIME DILL MAYO, RADISH, PICKLED ONION
ON SOURDOUGH TOAST W/POACHED EGG

~ $108 ~

AVOCADO | CHORIZO | POACHED EGGS
SOURDOUGH TOAST WITH SEASONAL AVOCADO
SPICY CHORIZO & POACHED EGGS WITH
HOMEMADE TOMATO RELISH

~ $118 ~

**QUIONA BOWL w/GREENS,
POACHED EGG & AVOCADO**
QUIONA | SEASONAL GREENS | ALMONDS
POACHED EGG | VINE TOMATO | AVOCADO

~ $98 ~

**CHIA SEED PUDDING w/
FRESH SEASONAL FRUITS**
COCONUT CHIA SEED PUDDING WITH
FRESH SEASONAL FRUITS

~ $98 ~

BRIOCHE FRENCH TOAST
CARAMELIZED BANANA
MASCARPONE & MAPLE SYRUP

~ $98 ~

EGG ON TOAST
OVEREASY | SUNNY SIDED-UP | SCRAMBLED
POACHED

~ $68 ~

BRUNCH SIDES				
TOAST	$15	BACON	$30
MUSHROOM	$30	AVOCADO	$35
SAUSAGE	$30	POACHED EGG	$15
TOMATO	$25	SCRAMBLED EGGS	$45
		SMOKED SALMON	$30

SIGNATURE PASTA

WEEKDAYS 11:30AM - 4:00PM | WEEKENDS / PUBLIC HOLIDAYS 1:00 PM - 5:00PM

SPAGHETTI W/SPINACH & MUSHROOM
PAN FRIED GARLIC W/FRESH
SPINACH PASTE AND SPAGHETTI
W/MUSHROOM

~ $108 ~

**PAN FRIED CHICKEN BREAST
w/GARLIC CREAMY SAUCE**
PAN FRIED CHICKEN BREAST | GARLIC
PARMESAN CHEESE | CREAMY SAUCE
SPAGHETTI

~ $118 ~

BLUE CRABMEAT RISOTTO
BLUE CRABMEAT | FENNEL | HERBS
PARMESAN CHEESE
RISOTTO

~ $128 ~

ALL ORDERS ARE COOKED UPON ORDER. PLEASE ALLOW 20-25 MINS COOKING TIME DURING PEAK HOUR

이고 디저트가 따라간다. 아니면 간단한 샌드위치 정도가 있다. 물론 컨셉에 따라 달라지겠지만 카페하면 커피가 주를 이룬다. 사람들도 식사는 식당에서 하고 이후에 카페를 따로 찾는 편이다.

홍콩은 특이한 것이 집에서 밥을 해먹지 않는다고 한다. 정말 그럴까? 궁금하긴 했지만 확인할 방법은 없었다. 거의 세끼를 밖에서 해결한다고 하니 음식점뿐만 아니라 카페에서도 식사를 같이 하기를 원한다고 한다.

그래서 홍콩카페들은 손님들의 식사를 책임져야 한다는 사명감이 있는 거 같이 느껴진다. 오죽하면 메뉴판 첫 장이 브런치 메뉴가 나온다. 마지막장에 커피음료가 있다. 문화에서 오는 차이가 신기하고 색달랐다.

너무 맛있어 보이는 메뉴가 많았지만 딸이 선택한 식당으로 가기위해 패스했다. 나오면서 원두를 사고 싶었으나 모두 소진 상태였다. 아쉬워하고 있는데 직원이 다른 지점도 있다며 전화를 걸어주겠다고 했다. 친절에 감사했지만 우리가 찾아가겠다고 명함을 받아 가지고 나왔다.

8 고노 KONO

일본의 사이폰(syphon)을 생산하는 회사로 시작되었다. 1925년 고노 아키라(Konl Akira)가 설립하였고 선대로부터 3대째 커피 업계를 이끄는 명문가다.

1973년도 2대째에 고노 드리퍼가 만들어졌다. 명문, 명인으로 불리는 드리퍼가 있고 근래에 와서 리브가 아주 짧은 드리퍼가 새로 나왔다.

하리오와 비슷한 원뿔형 모양으로 좀 큰 구멍이 하나이지만 리브 모양은 완전히 다르게 생겼다.

다른 드리퍼와는 드립방법이 다른데 어려운 편이고 시간도 오래 걸리는 편이다. 한 방울 한 방울 정성을 다하여 내리기 때문에 받는 사람이 정중한 대접을 받는 느낌을 받는다.

중후한 바디감과 감칠맛이 특징이며 깊고 진한 커피를 원한다면 매우 만족할 수 있을 것이다.

빠른 서비스를 해야 하는 카페에서 사용하긴 어렵겠지만 나만을 위해서나 귀한 손님에게 대접하면 좋을 거 같다.

고노

윗사진 : 위에서 본 모습>아랫사진 : 뒤집어 본 모습

고노로 추출하기

준비

1. 고노 드리퍼

2. 종이 필터

3. 원두 20g

4. 끓인 물(88도~92도)

5. 드립 서버

6. 드립 포트

7. 잔

추출 방법

1. 필터를 접는다.
2. 드리퍼와 서버에 물을 부어 예열한다.
3. 드리퍼에 필터를 밀착시키고 분쇄한 커피가루를 넣는다.
4. 중심부터 나선형으로 물을 가늘고 촘촘하게 커피가 젖을 정도만 부어준다.
5. 물을 준 후 30초정도 뜸들이기를 한다.
6. 추출을 시작하면 천천히 물줄기를 가늘게 유지하며 조절한다.
7. 추출을 시작하면 멈추지 말고 끝까지 물을 부어준다.
8. 원하는 양이 차면 바로 드리퍼를 걷어낸다. (200~240ml정도)
9. 예열된 잔에 커피를 따른다.

캣 스트리트와 벽화

다음은 카페 데드엔드를 찾아 가려다 언덕과 마주하게 된다. 몇 블록을 넘어가니 번화한 거리가 끝나고 언덕과 수많은 계단들이 나온 것이다. 우린 올라가기 시작했다. 얼마간 올라가니 오른편에 골목이 하나 나왔다. 이곳이 캣 스트리트라고 한다. 화려한 불빛에 금빛과 빨강색이 현란해 보이기까지 했다.

아주 오래된 손때가 묻은 물건들과 여행객들이 살만한 소품들이 많이 있었다. 골목엔 골동품 가게들과 갤러리 샵들이 늘어서 있었다.

내겐 크게 관심을 끌만한 물건들이 없어 그대로 지나치고 다시 계단을 오르기 시작했다. 찻길 하나를 건너니 또다시 계단이 나타났다. 올라갈수록 만나는 사람의 수가 줄어들었다. 그만큼 관광객들은 없고 로컬 속으로 들어 가고 있다는 증거일 것이다.

　이 때 나타나는 커다란 벽화와 마주쳤다. 알고 보니
이소룡의 벽화였다. 한 벽을 가득 채우고 있었다. 다시
얼마동안 올라가니 학교 건물 앞에 뿌리를 드러낸 기이
한 나무 한그루가 있어 신기한 맘에 한 컷 찍었다.

9 클레버 Clever

바쁜 아침 시간...

커피는 마셔야겠고 시간이 별로 없다면?

쉬는 날이라 간편하게 커피를 마시고 싶다면?

그럴 때 클레버가 딱이다.

'영리하다'란 뜻만 보아도 사람의 마음을 잘 헤아리는 거 같다. 대만에서 처음 발명되었고 여러 제조사가 있다.

핸드드립과 프렌치프레스를 합친 방법이라 생각하면 된다. 드리퍼에 종이 필터를 얹고 원두가루를 넣어 뜨거운 물을 붓고 우렸다가 걸러내면 된다.

사용법이 매우 간단하고 누가 만들어도 맛의 차이가 별로 없다. 종이필터를 쓰지만 침지형태로 우리기 때문에 깊고 진한 풍미를 느낄 수 있다.

클레버는 트라이탄 소재로 만들어져 높은 온도에도 화학물질이 검출되지 않아 안전하다.

핸드 드립이 정말 귀찮은 사람에겐 편리하고 영리한 클레버를 권하고 싶다.

클레버

클레버로 추출하기

준비

1. 클레버

2. 칼리타 필터

3. 원두 20g

4. 끓인 물 250g정도

5. 드립 포트

6. 스틱

7. 잔

추출 방법

1. 클레버에 필터를 접어 넣어준다.
2. 뜨거운 물을 부어 린싱해 준다.
3. 분쇄한 커피가루를 넣고 평평하게 만들어 준다.
4. 끓인 물 100g을 넣고 스틱으로 5~6번 정도 저어준다.
5. 나머지 물을 커피가루가 잘 섞이게 부어준다.
6. 뚜껑을 덮고 2분 정도 기다려준다.
7. 바로 서버나 잔에 올려 커피가 다 떨어질 때까지 기다린다.
8. 클레버를 들어 내려놓는다.
9. 커피를 즐긴다.

로프텐(LOF 10)

LOF 10

Flat B, I U Lam Terrace, Sheung wan, Hongkong

나무를 지나서 몇 발자국 올라가니 흰색의 LOF 10 야외배너가 눈에 띈다. 책에 있는 지도에서 찾지 못했던 카페가 눈앞에 신기하게 나타난 것이다.

거의 끝자락 동네에 위치한 곳이라 한적한 느낌이었다. 카페에 앉아 있는 사람 외에는 지나다니는 사람도 눈에 띄지 않았다.

홍콩에선 만나보기 힘들다고 하는데 실내를 온통 화이트 톤으로 칠해져 있었다. 목재 의자들도 대부분 화이트로 칠해져 있었는데 전체적으로 아주 깔끔한 인상이었다.

밖에는 양쪽으로 야외석이 있었고 입구로 들어서니 큰 테이블이 놓여있고 의자들이 줄지어 있었다. 벽과 창가 쪽으로 바 테이블을 두어 간결함이 느껴졌다. 의자들도 등받이 팔걸이가 없는 간이 의자 형태였다. 편해 보이는 의자는 거의 보이지 않았다. 그렇지만 깔끔, 간결, 군더더기 없이 평안해 보이는 곳이었다.

우린 추천메뉴인 로즈라떼를 주문했다. 홍콩에 오기 전부터 궁금했었다. 어떤 느낌일까? 이름에서도 풍기듯 당연히 장미향이 나고 꽃 맛이 나겠지?

안에도 자리가 있었지만 우린 밖의 자리로 앉았다. 날씨도 괜찮았고 웬지 운치도 더 있을 거 같았다.

바리스타가 예쁘게 라떼아트를 해준 커피 위에 말린 장미꽃잎을 적당히 부셔 뿌려 주었다. 시각적으로 예쁜 라떼였다. 코로 향기를 맡으니 역시 은은히 장미향이 올라온다.

한입 마시니 달콤한 장미향의 맛과 진한 커피와 밀크폼이 어우러져 입안에 꽉 찬다. 달콤한 게 너무 맛있다. 딸과 나는 조용히 물개 박수를 치며 좋아했다. 역시 여심을 자극하는 커피였다.

난 커피와 우유 외에 무엇을 넣었는지 궁금하여 직원에게 이 단맛은 무엇을 넣어서 나는 것인지 물어 보았다. 친절하게 로즈시럽을 들어 보여 준다. 로즈시럽과 설탕이 들어간다고 했다.

커피가 너무 맛있다고 칭찬을 한 뒤 카페를 나왔다. 그리고 생각해보니 브루브로스와 커핑룸에선 커피 맛에만 빠져 커피에 대한 칭찬을 해주지 못했다. 우리나라에서도 난 맛있게 마신 커피에 대해선 칭찬세례를 하고 카페를 나선다. 커피도 맛있게 마시고 칭찬하면 내 기분도 좋아지고 만들어준 이의 기분도 행복해지기 마련이다.

10 프렌치 프레스 French Press

프렌치 프레스는 프랑스 가정에서 흔히 쓰이는 커피 도구이다. 사용 방법이 간단하고 프렌치 프레스와 커피, 물외에 따로 필요한 것이 없다.

1930년대 이탈리아에서 처음 만들어졌으나 1970년대에 와서 덴마크 보덤(Bodum) 사의 제품이 유럽 전역에서 유행하면서 오늘날까지 사용되고 있다.

현재에는 우유 거품을 내거나 티 우리는 것에 더 많이 사용되고 있는 거 같다.

내리는 방식은 침출식으로 프렌치 프레스 본체에 커피 가루와 뜨거운 물을 부어 일정시간 우린 뒤 플런저를 천천히 눌러 커피 입자를 거른 뒤 따라 마시면 된다.

원두 자체의 케릭터와 풍부한 향을 잘 표현할 수 있고 커피 오일과 함께 진한 바디감을 느낄 수 있다. 하지만 미분을 충분히 걸러 주지 못해 다소 탁하고 깔끔하지 못할 수 있어 호불호가 있는 편이다.

강배전된 원두를 프렌치 프레스로 진하게 우려내 우유를 섞으면 카페오레가 만들어진다. 카페 라떼와는 또 다른 매력을 맛보는 것은 어떨까?

프렌치 프레스

프렌치 프레스로 추출하기

준비

1. 프렌치 프레스

2. 원두17g

3. 뜨거운 물 220g

4. 드립 포트

5. 스틱

6. 잔

추출 방법

1. 비이커에 뜨거운 물을 부어 예열 후 따라 버린다.
2. 원두를 굵게 분쇄하여 비이커 속에 넣는다.
3. 뜨거운 물을 거칠게 부어준다
4. 스틱으로 잘 저어준다.
5. 뚜껑을 닫고 3분 정도 기다린다.
6. 필터를 천천히 내려서 커피를 추출한다.
7. 예열된 잔에 조심히 따른다.
8. 찌꺼기가 들어갈 수 있으니 끝까지 따르지 않는다.

데드엔드와 시나몬 롤

로프텐에서 나와 몇 발자국 올라가니 막다른 길이다. 오른쪽으로 도니 왼쪽에 건물이 눈에 들어왔다. 데드엔드 카페 번지수다. 찾았나 싶었는데 커핑룸 로스터리가 먼저 눈에 들어온다. 커핑룸 로스터리 모서리를 도니 또 하나의 가게가 나온다. 여긴가 하고 들여다보니 텅 비어 있는 것이 아닌가! 갑자기 허무감이 밀려든다. 자리는 그곳이 맞는데 문을 닫은 모양이다.

이곳에선 커피보단 시나몬롤이 궁금했었다. 이 카페를 추천한 바리스탁가 이집 시나몬롤을 극찬했다. 여태까지 맛본 것중 최고의 시나몬 롤이었다고 했다. 나도 시나몬롤을 상당히 좋아하는데 많이 아쉬움이 남는다.

내게도 최고의 시나몬롤이 있다. 캐나다 벤쿠버에 살았을 때다. 10번가와 Alma st이 만나는 곳에 Grounds for coffee가 있었다. 이곳은 벤쿠버에서 시나몬롤이 가장 맛있기로 명성이 자자하다.

오전 10시쯤 이 시간에 가면 방금 나온 시나몬롤을 먹을 수 있다. 따끈따끈 갓 나온 시나몬롤이 그렇게 맛이 있을 수 없었다.

카페 데드엔드의 시나몬롤은 오븐에 구워 정해진 시간에 빼는 게 아니라 좀 더 두고 시나몬 필링을 졸여 아주 끈적끈적해져 빵에 녹아들도록 굽는다고 했다. 눈으로 보질 못했으니 어느 정도인지 알 수 없지만 벤쿠버의 Grounds의 따끈한 시나몬롤은 우리가 갓 나온 뜨거운 식빵을 뜯어 먹는 기분과 비슷하다. 포크로 끊어 먹든 손으로 롤을 찢어 먹든 그 행복하고 재미난 손놀림은 꽤나 흥미롭다.

그곳에선 커피 한잔과 시나몬향이 폴폴 나는 롤 한 개면 든든한 한끼로도 모자람이 없었다. 시나몬롤의 향수와 함께 데드엔드의 시나몬롤이 날아가 버린 순간이다.

11 사이폰 Syphon

아름다운 빛의 불꽃을 보았는가?

언뜻 실험실에서나 볼 수 있는 기구 같지만 추출 도구를 통틀어 가장 아름다운 모습을 만들어 내는 거 같다.

진공식 도구로 스코트랜드의 로버트 네이피어(Robert Napier)가 1840년경 사이폰의 모체인 밸런싱 사이폰을 개발했다. 이 후 프랑스의 바슈(M. Vassieux) 부인이 1841년에 지금의 사이폰과 가장 흡사한 모습으로 만들었다고 한다.

1900년대에 미국으로 넘어가 인기를 끌었고 '베큠 브루어(Vacumm Brewer)'라 불렸다.

1924년 일본 고노사에서 상품화를 하고 '사이폰'이라 이름을 붙였다.

우리나라에도 1970년대에 들어와 인기를 끌었으나 간편한 커피메이커가 등장하면서 자연히 사이폰은 그 모습을 감추기 시작했다.

요즘은 로스터리 카페에서도 하는 곳이 있고 대형 프렌차이즈에서도 따로 부스를 두어 고급화 전략으로 사용하고 있다.

사이폰은 특히 향이 좋고 깨끗한 맛을 낸다.

알코올 램프위에 유리로 된 플라스크를 올려 물을 끓이는 방식이기 때문에 가장 뜨거운 커피가 만들어진다.

아주 뜨거운 커피를 좋아하는 사람들에게 안성맞춤이다. 카페에선 알콜 램프대신 전기로 사용하는 할로겐을 주로 쓴다. 할로겐도 멋있지만 그래도 아날로그적인 알콜 램프가 더 마음에 간다.

또한 추운 겨울 밤 카페에 앉아 몽롱한 빨간 불빛을 바라보며 마시는 커피는 낭만적이면서 선물로 추억을 안겨줄 것만 같다.

사이폰

사이폰으로 추출하기

준비

1. 사이폰

2. 필터

3. 원두 18g정도

4. 물 240g정도

5. 나무스틱

6. 알코올 램프

7. 점화기

8. 타이머

9. 잔

추출 방법

필터 세팅

1. 여과기에 필터를 끼워준다.
2. 여과기 아랫부분을 돌려 상하를 결합한다.
3. 필터를 손으로 위로 올려준다.
4. 로드에 필터를 삽입한다.
5. 고리를 당겨 로드 하단부에 확실히 걸어준다.

추출

1. 미리 끓인 물을 플라스크에 부어준다.
2. 알코올램프에 불을 붙여 플라스크 중심부에 위치 시킨다.
3. 로드를 플라스크에 걸쳐 놓는다.
4. 물의 기포가 커지면서 끓기 시작하면 분쇄한 커피가루를 넣는다.

5. 로드에 담긴 커피의 수평을 맞춰주고 플라스크에 삽입한다.

6. 플라스크 내 압력에 의해 물이 로드로 올라온다.

7. 물이 다 올라오면 커피가루가 벽에 달라붙지 않도록 스틱으로 신속하게 저어준다.

8. 커피가 다 섞일 때까지 조심해서 스틱을 회전시킨다.

9. 기포층이 두툼하게 형성된다.

10. 스틱으로 다 저어준 후 25초~30초가 지나면 불을 꺼준다.

11. 다시 한번 나선형으로 저어준다.

12. 추출액이 플라스크로 다 내려오면 거품이 내려오기 시작한다.

13. 노란색 거품이 나오면 커피에 향이 있으며 추출이 완료된 것이다.

14. 뜨거우니 조심해서 스탠드를 잡고 로드를 분리한다.

15. 컵에 커피를 따른다.

CUPPING ROOM COFFEE ROASTERS

Shop 8, Silver Juvilee Mansion, Po Hing Fong

　아쉬움을 뒤로 하고 바로 옆의 커핑룸 로스터리로 원두를 구입하기 위해 들어갔다. 이곳 역시 브런치를 하고 있었고 꽤나 외국인이 많이 앉아 있었다.

　이 언덕 끝 막다른 조용한 골목이었지만 카페 안은 사람 냄새가 물씬 풍겼다.

　겉으로 보여지는 카운터와 바는 오로지 커피를 위해 존재하는 공간이었다. 뒤쪽 유리벽 안에는 로스팅기가 보였다. 카운터옆 매대엔 각종 원두와 귀리우유, MASALA BLEND CHAI도 보인다.

인도식 밀크티를 만드는 베이스로 향신료가 강해 우리 입맛에는 호불호가 심할 거 같다.

작년 커피 박람회에서도 어느 카페에서 선보였었다. 시음해 보았었는데 내 입맛엔 맞지 않았다. 난 향신료 중 정향을 좋아하지 않는데 그 맛이 많이 났다.

원두들과 함께 각 대회에서 탄 상패들이 늘어서 있다. 카운터엔 디저트가 4가지 종류가 진열돼 있었다.

게이샤 원두와 예뻐 보이는 당근케익 하나를 사서 나왔다.

우린 성완 지역에서의 커피 탐방을 끝내고 점심을 먹기 위해 센트럴 역으로 걸어가기 시작했다.

12 융드립 Nel drip

과거 종이 필터가 나오기 전까지는 '플란넬'이라는 천을 사용하여 커피를 걸러 마셨다. 이것이 융 드립의 시초라고 볼 수 있는데 일본으로 와선 '넬드립 Nel drip'이라고 불린다.

핸드 드립중 가장 뛰어난 맛을 내는 방법이라고 알려져 있다. 종이 필터엔 오일 성분이나 불용성 고형물질이 걸러지는데 천으로 만들어진 융은 이 성분들이 쉽게 통과된다.

맛은 진하면서도 부드럽고 입안에서 우유를 마셨을 때와 비슷하게 오일 성분이 매끄럽게 남는 느낌이다.

종이 필터에선 느낄 수 없는 풍부하고 색다른 커피의 맛을 경험하게 될 것이다.

일본에선 융 드립을 많이 하지만 보관 방법이 까다롭고 불편하여 우리나라에선 찾아보기가 어렵다. 융은 사용 후 정수된 물에 담궈 냉장 보관하라고 되어 있다. 건조시켜서도 안 되며 항상 물속에 있어야하므로 위생 면에서 걱정하는 사람들도 있다.

하지만 커피 맛을 생각한다면 어느 정도는 감수할 수 있을 거 같다.

융드립

융드립으로 추출하기

준비

1. 드리퍼 프레임

2. 융필터

3. 서버

4. 원두(30~40g정도)

5. 뜨거운 물(페이퍼 드립 온도보다 높게)

6. 드립 포트

7. 잔

추출방법

1. 융은 사용하기 전에 마른 수건으로 물기를 제거해준다.

2. 커피가루를 담은 후 융 아랫부분을 잡아 당겨 커피가 촘촘히 담기도록 한다.

3. 중심에 물을 충분히 주어 뜸을 들인다.

4. 물줄기를 가늘게하여 1차 추출을 한다. 이때 추출액이 점성을 가지고 진하게 내려와야 한다.

5. 표면의 거품이 사라지기 전에 2차 추출을 한다. 너무 범위가 넓지 않게 물을 주입한다.

6. 물줄기를 조금 굵게 하여 3차 추출을 한다.

7. 원하는 양만큼 추출이 되면 융을 걷어낸다.

8. 예열된 잔에 커피를 따른다.

미드레벨 에스컬레이터

　홍콩의 지하철역과 역의 거리는 정말 짧은 모양이다. 잠시 한눈 파는 사이 도착했으니 말이다.

　눈앞에 그 유명한 Mid-Level Escalater가 나타났다. 홍콩 영화 속에서 자주 나오는 곳이다.

　고지대 사는 사람들을 위해 만들어진 이 에스컬레이터는 무려 800m나 된다고 한다. 출근하는 아침 시간만 하행하고 그 이후엔 상행선으로 바뀐다 하니 참 똑똑하고 고마운 에스컬레이터가 아닐 수 없다.

　계단을 바라보며 우리나라 옛날의 달동네가 생각났다.

겨울에 눈이 오면 길이 미끄러워 집집마다 연탄재를 들고 나와 길에 던져 발로 부스러뜨려 깔았던 시절이 있었다. 참 안스러웠는데 이 에스컬레이터가 있었다면 얼마나 좋았을까? 생각해본다.

중학교 시절 내가 다니던 학교 또한 긴 언덕 맨 윗자락에 위치해 있었다. 겨울이면 오르내리기가 힘들었던 기억이 난다. 그 불편함이 지금은 추억으로 남아 있다. 다시 돌아 올 수 없는 시절의 향수다.

에스컬레이터는 중간에 내릴 수 있게끔 끊겨 있었다. 에스컬레이터 양쪽으로 수많은 상점들이 셀 수 없이 많이 있었다.

우리가 가려는 식당과 가게들이 여기 어디쯤 있을 것이다.

Tsim Chai Kee

Michelin Guide Recommended Restaurant

　유명한 완탕집이다. 역시 맛집은 줄 서는 것이 기본인
모양이다. 줄을 서 있는데 안에서 직원이 나와 종이에
주문을 먼저 받아 적었다. 그래도 생각보다 빨리 가게
안으로 들어갈 수 있었다. 가게 안은 우리나라 시장안
국수집 같은 느낌이었다. 오밀 조밀 식탁으로 가는 길도
비좁고 빈틈없이 사람들이 앉아 있는데 웃음이 나는 건
모르는 사람끼리 마주 앉아 식사하는 모습이었다. 우리
도 모르는 사람들과 마주 앉아 식사를 하게 됐다.

　2009년부터 2018년까지 쭉 미쉐린 가이드가 추천하는

레스토랑으로 선정됐다니 기대감이 든다.

국물 속에 든 면 위에 시키는 거에 따라 토핑이 달라지는거 같다. 우린 만두와 돼지고기를 토핑으로 시켰다. 만두도 맛있었고 양념된 돼지고기도 상당히 맛있었다. 면은 그저 그랬고 취향에 따라 소스를 섞어 먹는다.

우리가 먹는 중에도 밖에 줄은 계속 서고 있어서 빠른 시간에 먹고 일어났다.

13 모카 포트 Moka Pot

모카 포트는 1933년 이탈리아 북부 한 작은 마을에서 알루미늄 공장 오너였던 알폰소 비알레띠(Alfonso Bialetti) 에 의해 발명되었다.

처음엔 모카 익스프레스(Moka Express) 라는 이름으로 판매되었고 이탈리아 가정에 90%이상 보급되어 에스프레소가 대중화 되는데 큰 역할을 했다.

모카포트가 나오면서 바깥의 카페문화가 가정으로 들어오고 여성중심의 홈카페로 발전하게 되었다.

알루미늄으로 만들어진 비알레티 모카 포트는 실용적이고 저렴한 가격으로 판매되고 있다. 사이즈도 1cup에서 18cup 등 다양한 사이즈가 있고 끊임없이 발전을 시키고 있다.

하지만 1~2기압의 낮은 압력으로 추출되다보니 에스프레소의 생명인 크레마 보기가 어렵다. 그걸 보완해 나온 바알레티 브리카가 4기압 정도의 압력으로 완벽하진 않지만 가정에서 즐기기엔 적당하다고 한다.

외관이 클래식하고 아름다운데 여성의 치마 입은 모습에서 착안했다고 하며 컨테이너 부분에 그려진 캐리커처는 그의 아들이 그린것이라고 한다.

지금은 여러 회사에서 출시되고 있는데 재질에 따라 스테인레스도 있고 도자기브랜드도 있다.

내가 핸드 드립의 세계에 입문하기 전에 집에서 이 모카 포트를 사용했었다. 그 땐 카푸치노를 즐겨 마셨는데 친구에게 모카 포트를 소개받은 뒤로 줄곧 집에서 만들어 마셨다. 밀크 팬과 미니 거품기까지 준비해놓고 매일 같이 만들어 마셨던 시절이 있었다.

중앙에 들어가는 필터에 커피가루를 넣고 그 위에 종이 필터를 동그랗게 잘라 얹고 본체를 결합한 뒤 사용했다. 그 이유는 압력에 의해 커피액이 위로 솟아 올라오는데 커피 가루가 같이 올라오는 걸 막기 위해 사용했었다. 그 땐 몰랐지만 에스프레소에서 나오는 오일 성분을 걸러주는 역할도 한다.

2016년 뉴스에서 이탈리아 한 성당에서 치른 특이한 장례식 소식을 접했다. 관이 아닌 커다란 모카포트 앞에서 유족들이 마지막 인사를 하고 있었다.

바로 알폰소 비알레띠의 아들이며 모카포트를 전 세계로 확장시킨 레니코 비알레띠의 유골함이었다.

그의 유언이었다고 하니 그의 모카 포트에 대한 사랑과 다시 한번 전 세계 사람들에게 모카 포트를 각인 시키는 계기가 되었다.

모카포트

스텐 모카포트

모카포트로 추출하기

준비

1. 모카포트

2. 종이 필터

3. 원두 17g정도

4. 뜨거운 물 60g정도

5. 가스버너 또는 가스레인지

6. 삼발이

추출 방법

1. 하단 포트에 뜨거운 물을 압력 밸브보다 낮게 채운다.
2. 바스켓에 커피가루를 균일하게 담고 커피 스푼 등을 이용해서 표면을 평평하게 눌러준다.
3. 동그란 페이퍼필터를 커피위에 덮어준다.
4. 보일러에 바스켓을 넣는다.
5. 컨테이너를 보일러에 끼워 돌려 단단히 결합시켜준다.
6. 가스레인지 위에 삼발이를 얹고 모카포트를 올려놓는다.
7. 중불을 사용하여 가열해준다.
8. 얼마 후 짙은 색의 커피액이 나오기 시작한다.
9. 잠시 후 거품이 나기 시작하면 불을 끄고 뚜껑을 닫고 추출이 끝날 때까지 기다린다.
10. 손잡이가 뜨거우니 조심해서 예열된 잔에 커피를 따른다.

타이청 에그타르트

　이곳은 홍콩서 가장 유명한 에그 타르트집이다. 난 에그 타르트를 먹어본 적이 없는데 사실 어떤 맛일지 상상이 안됐었다. 이 가게도 사람이 너무 많아 줄을 서야 살 수가 있었다. 낱개로도 살 수가 있었고 박스로도 가능하다. 난 8개들이 한 박스를 샀다. 에그 타르트의 맛이 너무 궁금했다. 한입 먹은 순간 사르르 녹는 것이 너무 맛있는 것이 아닌가! 에그 타르트가 이렇게 맛있는 거였다니 그동안 못 먹어본 것이 너무 억울했다.

　홍콩 어디서나 에그 타르트를 팔지만 아마 이곳이 제
일 맛있는 것이 맞는 거 같다. 나중에 다른 곳에서도 먹
어보았지만 타이청만큼 맛있지는 않았다.

퍼시픽 커피(PACIFIC COFFEE)

퍼시픽 커피는 홍콩의 프렌차이즈이다. 다니면서 간혹 눈에 띄었다. 궁금한 마음에 아메카노 한잔을 주문했다. 맛은 역시 프렌차이즈의 한계를 넘지는 못하는 거 같다. 무난함 그 이상도 이하도 아닌 거 같다. 우리나라에서도 마찬가지이지만 일단 맛에서 극명하게 차이가 난다. 내가 편파적일 수도 있지만 커피를 마시기 위해선 프렌차이즈 카페엔 가지 않는다. 만남의 장소로 이용한다. 커피를 마시기 위해선 작던 크던 개인 로스터리 카페를 애용하는 편이다. 신선하고 다양한 싱글빈을 구할 수가 있다.

맛난 브루윙 커피를 마실 수가 있고 바리스타와의 대화가 나에게 따뜻함을 느끼게 해준다. 이런 시간들이 내겐 중요하고 빠트릴 수 없는 일상의 하나이다. 내게 엔돌핀을 주기도 하고 영감과 아이디어를 주기도 한다.

커피를 좋아하는 사람들과 커피투어 다니는 것이 좋고 커피에 관한 대화를 하는 것을 즐긴다. 그들도 커피 애기만 나오면 눈이 초롱초롱해진다. 즐겁다는 것이 저절로 느껴진다.

14 베트남 카페핀 Vietnam Cafe Phin

이름에서 알 수 있듯이 베트남에서 사용하는 추출도구이다. 베트남은 프랑스 식민지였었는데 그 시절 커피나무가 재배되기 시작했다.

주로 해발고도 800m 이하의 낮은 곳에서 재배되고 대부분 로부스타종이 주를 이룬다.

현재 브라질에 이어 커피생산국 세계2위를 기록하고 있다. 카페 핀이 발명된 것도 아마 이 시기와 같다고 추정된다. 로부스타종은 향미가 부족해서 로스팅을 강배전하여 사용한다.

당시 프랑스인들은 식민지인 베트남에서도 카페오레를 마시고 싶어 했는데 우유를 생산할 기반도 우유를 저장할 수 있는 여건도 날씨 때문에 좋지 않았다.

대신 당시 우유의 보관성을 높이기 위해 만들어진 연유를 쓰기 시작했다. 강배전된 로부스타의 쌉쌀한 커피에 달콤한 연유가 꽤 잘 어울려 프랑스사람 뿐 아니라 베트남 사람들에게까지 인기가 있었다.

여기에 얼음을 넣어 즐기기 시작했는데 고온다습한 베트남 날씨에 딱 어울리는 음료로 현재까지 그 인기가 식지 않고 있다

베트남 카페 핀

카페 핀으로 추출하기

준비

1. 베트남 카페 핀

2. 원두 20g정도

3. 뜨거운 물 120g정도

4. 드립 포트

5. 연유 20g정도

6. 얼음

7. 컵

추출 방법

1. 컵 안에 연유를 넣어준다.
2. 카페 핀 체임버에 커피가루를 담고 윗부분을 평평하게 만든다.
3. 커피가루위에 스트레이너를 얹어 놓는다.
4. 연유를 넣은 컵 위에 트레이와 체임버를 올린다.
5. 뜨거운 물 20g정도를 나선형을 그리면서 부어준다.
6. 30초 정도 뜸들이기를 한다.
7. 나머지 물을 나선형으로 그리면서 카페 핀 옆에 달려 있는 고무마개까지 물을 채운다.
8. 뚜껑을 닫고 커피가 다 추출될 때까지 기다린다.
9. 추출이 끝나면 카페 핀을 제거한다.
10. 스푼으로 잘 저은 후 얼음을 넣어 마시면 된다.

시티슈퍼(CITY SUPER)

 난 이곳 슈퍼마켓에도 관심이 갔다. 마침 센트럴역 너
머 하버 근처에 시티슈퍼가 있었다. 슈퍼가 다 비슷할
수도 있겠지만 진열돼 있는 물품이 다르니 구경하는 재
미가 쏠쏠하다. 우리나라엔 없는 여러 향신료들과 다양
한 차들 베이킹 도구들과 커피용품들에 시간 가는 줄 모
르고 머물러 있었다. 사고 싶은 것들이 너무 많았지만
향신료 종류들만 사는 걸로 만족하기로 했다. 슈퍼에서

너무 오래 머물러 있었나 보다. 우린 우체국에 가려고 했는데 시간이 이미 오후 6시다. 그래도 혹시나 해서 우체국 앞까지 갔지만 역시 문은 닫힌 뒤였다.

나 자신에게 엽서를 써서 집으로 부치려고 했었다. 집에 돌아갔을 때 받아보면 재밌고 색다른 기분일거 같아 해보고 싶었는데 할 수 없게 됐다.

황당했던 레스토랑

침사추이역으로 가기 위해 센트럴역으로 움직였다. 하필 퇴근 시간과 겹치게 되었다. 어마 어마한 인파가 역 개찰구를 향해 쏟아지고 있었다. 어쩔 수 없이 우린 사람들 틈에 끼여 들어갔다. 움직이지 않아도 저절로 걸어갈 수밖에 없는 상황이었다. 두 정거장이라 다행이었지만 숨이 막힐 지경이었다. 출퇴근 지옥은 여기도 마찬가지였는데 더 심한 거 같았다. 겨우 침사추이역에 도착했다. 저녁식사를 하기 위해 정해 놓은 레스토랑으로 찾아갔다. 한 쇼핑몰 안에 위치해 있었다. 식당은 엄청 큰 편이었다. 그에 비해 사람들은 많지 않았다. 오후 7시쯤이었으니 한참 저녁식사 시간인데 말이다.

자리에 앉으니 직원이 차 두 잔과 밑반찬을 두고 간다. 딸은 탄탄멘을 먹어야 한다며 딤섬과 함께 주문했다. 탄탄멘 국물은 짬뽕국물과 비슷하여 매콤하니 한국사람들이 좋아할 맛이다. 이곳 면들은 그닥 내 취향은 아니다. 국물도 간이 좀 세서 내겐 좀 짰다. 딤섬은 새우와 고기가 들어간 것이었는데 꽤 맛있었다. 밥 생각이 나서 흰 쌀밥 한 공기를 시켜 먹으니 살 거 같았다. 오늘 하루 종일 면만 먹다보니 밥이 그리웠나보다.

계산하려고 빌을 보니 우리가 시킨 건 세 가지였는데 다섯 가지가 찍혀있었다. 의아해서 물어보니 차와 밑반찬으로 나왔던 거까지 계산에 포함돼 있었다. 몹시 황당했다. 물론 외국에선 물도 공짜가 없단 얘긴 들었지만 물어보지도 않고 자연스럽게 놓고 가길래 상상도 못했다. 억울하기도 했지만 여기 법이 그렇다면 어쩔 도리는 없는 거라 생각했다. 하지만 이건 좀 심하다는 생각이 들었다. 다 그런 것은 아니지만 최소한 물어보기는 해야하는 거 아닐까? 이 레스토랑엔 두 번은 가고 싶지 않을 거 같다.

15 칼리타 아이스 드립

뜨거운 열기를 뿜어내는 한여름의 오후...
지면은 끓어오르는 아지랑이들이 피어날 때
아이스커피 한 잔이 간절히 생각난다.

갈색 다이아몬드가 있다면 그만큼이나 투명하고 맑은 핸드드립으로 만들 수 있으면 더할 나위 없겠다.

이럴 때를 위해 나온 것이 칼리타의 Ice & Hot coffee maker 이다.

아이스 만들 때도 사용하고 따뜻한 커피를 만들 때도 쓸 수 있다. 아이스를 만들 때는 서버와 드리퍼 사이에 냉각통이 하나 더 추가된다.

냉각통에 얼음을 채우고 드리퍼에 커피가루를 넣은 후 뜨거운 물로 커피를 내리면 뜨거운 커피가 내려와 냉각통 속 얼음 위에 떨어진다.

그러면 커피의 섬세한 맛과 향을 급속 냉각시켜 더 풍부하고 시원한 맛을 느낄 수가 있다.

이렇게 바로 냉각된 아이스커피는 산화 속도가 느려 냉장고에 보관하고 며칠 정도는 마실 수가 있으니 커피를 즐겨 마신다면 넉넉히 만들어 놓고 즐겨도 좋을 거 같다.

칼리타 아이스 드립

칼리타 아이스 드립으로 추출하기

준비

1. 칼리타 아이스 드립 세트

2. 필터

3. 원두 40g정도

4. 뜨거운 물 90도~92도

5. 드립 포트

6. 얼음

7. 컵

추출 방법

1. 드립서버 위에 아이스 바스킷을 얹고 얼음을 채워준다.
2. 그 위에 플레이트를 얹어 준다.
3. 필터를 접어 드립퍼에 넣은 후 다시 플레이트 위에 올려준다.
4. 커피가루를 드립퍼 안에 넣은 후 커피 표면을 평평하게 해준다.
5. 뜨거운 물로 중앙에서부터 나선형으로 커피가 다 젖을 정도로 부어준다.
6. 30초에서 1분 정도 뜸들이기를 해준다.
7. 다시 천천히 나선형으로 돌려주며 냉각기 안의 막대 형태의 사이폰 정상까지 커피가 찰 때까지 쉬지 말고 물을 부어준다.
8. 서버 안으로 커피가 떨어지기 시작하면 물주기를 멈춘다.
9. 사이폰 작용으로 커피가 추출된다.
10. 추출이 끝나면 컵에 얼음을 넣고 커피를 따른다.

심포니 오브 라이츠(A Symphony of Lights)

딸이 오후 8시에 시작하는 심포니 오브 라이츠(A Symphony of Lights)를 꼭 봐야 한다고 해서 서둘렀다. 부지런히 낭만의 거리(Svenue of Romance)를 향해 걷기 시작했다. 시작 시간이 얼마 남지 않아 뛰기 시작했다. 얼마 못가 쇼를 보려는 인파에 가로막혀 앞으로 전진하기가 어려웠다.

이제 찻길 하나만 건너면 되는데 사람들이 어마어마하다. 2~3분 정도 늦었지만 어둠 속에서 레이져쇼가 시작하고 있었다.

각 빌딩들을 호명하면 아름다운 레이저 불빛을 쏘아

준다. 말이 아닌 음악으로 호명하니 우린 알 수 없었지만 빛을 쏘아내는 건물을 보고 확인할 수 있었다. 역동적인 디지털 음과 함께 각자의 아름다움을 뽐내듯 여러 가지 형태와 빛깔로 하늘을 향해 조화롭게 뿜어내고 있었다. 중간쯤 평화로운 음과 함께 부드러운 빛으로 천사의 손길처럼 빛이 하늘로 올라간다.

마지막은 뭔가 밝은 미래를 느낄 수 있는 퍼포먼스 같았다.

쇼가 끝나고 나니 사람들이 썰물처럼 빠져 나간다. 우리도 마지막 일정을 위해 그곳을 떠났다.

THE COFFEE ACADEMICS

THE COFFEE ACADEMICS

Kiosk 1, Level2, Gateway Arcade, Harvourcity,

Tsimsha Tsui, Hongkong

오늘의 마지막 여정으로 침사추이에 있는 카페 '더 커
피 아카데믹스'로 향했다. 찾아가는 길목은 명품거리인지
명품샵 들이 즐비하게 있었다.

카페는 한 쇼핑몰 2층에 자리하고 있었다. 길에서 올
려다보니 유리로 되어있어 안이 훤히 들여다보였다. 2층
으로 올라가 보니 카페의 입구가 문 없이 탁 트여 있었
다. 쇼핑센터와의 경계 없이 스며들어 있는 느낌이 들었
다.

주문하려고 하니 폐점 시간이 얼마 안 남았는지 테이
크아웃만 된다고 했다. 어차피 오래 있을 거는 아니어서
괜찮다고 했다. 홍콩엔 어떤 카페에 가도 피콜로 라떼가
있다고 한다. 요즘 우리나라에서도 인기 있는 호주에서
온 플랫화이트의 축소판이라고 하면 비슷하단 생각이 든
다. 피콜로란 이탈리아어로 '적은'이란 뜻이라고 한다.
정말 작은 잔에 나왔다. 에스프레소보단 좀 더 많은 양
이었다. 일률적이지는 않고 카페마다 조금씩 양의 차이
는 있다고 한다.

이미 많은 양을 마셨고 밤이라 약간 망설였다.

그래도 이곳에서의 마지막 잔이니 다 마시기로 했다. 마침 양도 적어 부담을 덜 느꼈다. 아쉬운 건 시간이 늦어 커피잔이 아닌 종이컵에 나온 것이다. 커피는 너무 맛있었다. 우유에서 오는 달달함과 부드러움 마지막 뒷맛이 깔끔하게 마무리되는 맛이었다. 마지막 마무리가 기분 좋게 정리된 느낌이었다.

코즈웨이에 본점이 있는데 미국 버드피츠에서 소개한 '죽기 전에 꼭 가봐야 할 전 세계 25개 카페'로 선정된 곳이라고 한다. 비록 본점엔 못 갔지만 침사추이점에서 커피를 맛보았으니 그걸로 위안을 삼아야겠다.

16 드립 백 Drip Bag

몇 년 전까지만 해도 드립 백이 그리 많지 않았었는데 지금은 웬만한 로스터리 카페에선 너도 나도 만들어 판매하고 있다.

뜨거운 물과 잔만 있으면 언제 어디서나 커피를 간편하게 내려 마실 수가 있다.

정말 귀찮은 날, 나가기도 싫은 날,

믹스커피보다는 조금은 더 번거로울 수 있지만 핸드드립으로 마실 수가 있다.

마실 컵에다 바로 걸쳐 놓고 뜨거운 물로 커피를 내린 후 마시면 된다. 뒤처리 또한 간편하다. 그냥 들어올려 쓰레기통으로 직행하면 된다.

미리 분쇄된 커피가루를 이용 하는 게 조금 아쉽지만 요즘은 드립 백 만드는 기술이 많이 좋아졌다고 하니 바쁠 때 한번 사용해 보면 좋을 거 같다.

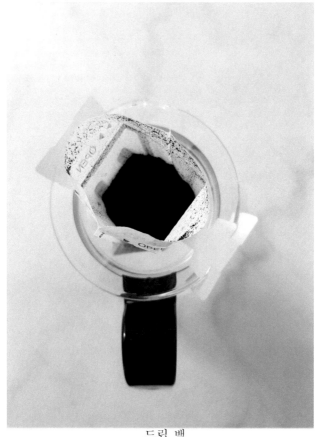

드립 백

드립백으로 추출하기

준비

1. 드립 백

2. 뜨거운 물

3. 드립 포트

4. 컵 또는 서버

추출 방법

1. 컵이나 서버에 드립 백을 오픈해 거치해준다.
2. 뜨거운 물을 커피가루가 젖을 만큼 부어준다.
3. 30초 정도 뜸을 들인다.
4. 다시 뜨거운 물을 가늘게 천천히 부어준다.
5. 원하는 양이 찰 때까지 반복해서 물을 부어준다.
6. 원하는 양을 추출했으면 드립 백을 제거해준다.

드디어 호텔로 돌아오다

이제 호텔로 돌아갈 시간이다. 몸은 피곤했지만 기분은 최고였다. 살짝 늦은 시간이라 조금 무섭기도 했지만 우린 마무리까지 전철을 타고 가기로 했다.

역에 도착해 밖으로 나와 보니 생각보다 사람들이 많았고 밝은 편이라 편안하게 걸어갈 수 있었다. 호텔 앞까지 와서 누가 먼저랄 거 없이 "오 예! 다 이루었다!"를 외치며 하이파이브를 했다. 나뿐 아니라 딸도 대만족이었나 보다. 하루를 바쁘게 쪼개어 삼일같이 보낸 시간이었다.

17 이브릭 Ibrik

터키식 커피를 만들 때 쓰는 도구이다. 이브릭(Ibrik)과 체즈베(Cezve)가 있지만 우리나라에선 통틀어서 이브릭이라 부르고 있다.

사실 우리가 터키쉬 커피를 만들 때 쓰는 밀크팬처럼 긴 손잡이가 있는 것을 체즈베라 한다.

커피를 만드는 가장 오래된 방법으로 도구 안에 커피가루와 물을 넣고 끓어 마시는 방법이다.

터키식 커피는 동서양의 문명을 아우르는 터키에서 네덜란드 상인들에 의해 유럽으로 전파되었다고 알려져 있다.

열전도율이 좋아 옛날부터 동으로 만들어진 것을 사용하지만 현대에 와선 스테인리스나 다른 재질로도 만들어진다고 한다.

원두는 강배전된 것을 사용하고 에스프레소보다 더 가늘게 분쇄한다. 그렇지 않으면 커피를 만들 때 몇 번에 걸쳐 끓어오르기를 반복하면서 거품이 형성되는데 거품이 생기지 않을 수도 있다고 한다.

기호에 따라선 카드뮴등 향신료를 쓰기도 하고 설탕을 넣어 끓이기도 한다.

끓인 후 시간을 두고 커피 가루가 가라앉은 다음 잔들을 오가며 조금씩 나누어 따라 마시면 된다. 진하고 깊은 맛을 느낄 수 있으며 설탕이 들어가면 좀 더 편안하게 마실 수 있다.

그리고 보통은 끝까지 다 마시지는 않는다. 아무리 잘 따른다 하더라도 커피가루가 남기 때문이다. 입안에 가루가 남아 껄끄러울 수 있으며 텁텁한 원인이 되기도 한다. 그래서 터키에선 커피와 함께 생수를 제공한다고 한다.

터키 사람들은 컵 안에 남아있는 커피 가루로 점도 쳤다고 하니 불편한 점을 나쁘게 여기지 않고 자기들만의 문화로 승화시킨 재치가 돋보인다.

이브릭

이브릭으로 추출하기

준비

1. 이브릭

2. 원두 10g정도

3. 물 200ml정도

4. 스틱

5. 설탕

6. 가스렌지 등 가열기구

7. 잔

추출 방법

1. 원두를 최대한 가늘게 간다.
2. 분쇄된 커피가루를 이브릭에 담는다.
3. 물을 부어주고 스틱으로 잘 개어준다.
4. 약한 불로 가열하기 시작한다.
5. 끓어오르면서 거품이 나면 넘치기 전에 불 밖으로 빼낸다.
6. 거품이 가라앉으면 불에 다시 올려 두 번째 끓어오르면 또 불에서 빼낸다.
7. 이때 설탕을 넣어주고 다시 불에 올려 세 번째 끓어오르면 빼낸다.
8. 가루가 가라앉기를 기다렸다가 잔에 조심스럽게 따른다.

여행의 끝자락에서

사랑하는 나의 분신인 딸과의 여행
짧은 여정이었지만 행복했던 순간들이었다.
첫째인 딸과 둘만의 첫 번째 여정이다.
그래서 더 의미가 있었던 시간들이었다.

우린 두 다리로 가고자 하는 곳들을 다녔다.
얼마나 감사한 일인가!
건강하게 여행을 마무리 할 수 있어서
또한 감사하다.
너의 눈과 나의 눈은 같은 곳을 보았고
서로 같이 감동을 느꼈다.
그 순간만큼은 사라지지 않을 추억이 될 것이고
앞으로 살아갈 때에 자양분이 될 것이다.

　공항서 기다리는 동안 마지막 커피와 케잌을 먹기로
했다. 계산을 하고 여행비용으로 가지고 온 홍콩달러가
동전 몇 개만이 남았다. 마침 그 카페 카운터에 도네이
션함이 있어서 그 함에 동전을 넣었다.

　금전적으로　아무것도 없이 자유로워졌다. 여행할 때
마다 동전들이 많이 남아 가져오지만 사실 처치곤란이었
다. 처음엔 기념이라며 모아왔지만 지금은 그것 또한 짐
이 되어 버렸다.

　홍콩엔 티를 베이스로 한 아이스크림이 있었다. 녹차 아이스크림이야 우리나라에도 있지만 우롱차 아이스크림이나 아쌈 블랙티 아이스크림은 처음 보는 거였다. 우리나라에도 있는지는 모르겠지만 난 한 번도 본 적이 없었다. 난 독특한 우롱차 아이스크림을 맛보았다. 그냥 우롱차 아이스크림 맛이다. 맛있다고는 할 수 없었지만 티를 좋아하는 사람에게는 매력적일 수도 있겠다고 생각했다.

梁豆麵 LEUNG KUI TING
陶瓷空間
The Dimension of Pottery

馮笑嫻 FUNG SIU HAN, ANISSA
鴛鴦杯與碟
Yuanyang Cups and Saucers

羅漢華 LAW HON WAH
水花瓶海之晨飲晨茗
Liquid Collection : Drinking Tea with Morning Dew

王森 WONG SUM, ENDERS
流水不爭先
Water Never Leaps, Will Run Deep

黃美嫻 WONG MEI HAN, YOKKY
藕斷 / 藕是在泥下默默支持
Lotus Root, Support Under the Soil

李傲師 LEE NGO CHEUNG
韞華
Rubinescence

李偉嫻 LI WEI HAN
同袋隨身(茶/咖啡的包囊器) Tong Xie Sui Shou (Tea /Coffee Bag Containers)

李善娟 LI SIN KWAN, ANNA
自然與魔法
Nature and Magic

曾章成 TSANG CHEUNG SHING
鴛鴦二記
Yuanyang II

黎善行 LAI SEEN HOUNG, DENNIS
言笑晏晏
Talks and Laughs

梁安娜 LEUNG ANNA
圓．諾
Round and Bond

阮瑞萍 YUEN SUI PING
花之系列(一)
Flower Series (I)

홍콩 공항에 도착했다. 기다리는 동안 공항 안 투어를 다녔다. 여러 브랜드들이 있었지만 그곳엔 내가 좋아하고 즐겨 입는 룰루레몬도 있었다. 룰루레몬은 캐나다 메이커로 요가복에서 시작했지만 다양한 스포츠웨어와 일상복으로도 손색이 없다. 미국 헐리웃 스타들에게도 인기가 많은 브랜드다. 한국도 몇 년 전에 들어와 필라테스 강사 중심으로 퍼지기 시작해 배우들도 애용하고 있다. 나 또한 평상시와 운동할 때 즐겨 입는다. 활동이 편하고 재질이 뛰어나며 디자인 또한 훌륭하다. 그렇지만 가격은 착하지 않다. 가격만 좀 좋았다면 하나쯤은 장만할까 했는데 그냥 나왔다.

대기실 앞으로 돌아와 그곳에 전시되어 있는 찻잔과 티팟들을 구경했다. 각 작품마다 만들어진 연도와 작가의 이름들이 기재되어 있었다.

홍콩은 역시 커피보다는 티가 발달되고 더 많이 소비하는 거 같다. 티는 잘 모르지만 관심은 많다. 앞으로 시간이 허락하면 티에 대해서도 공부해 보려고 한다.

다시 공항으로

이제 집으로 돌아갈 시간이다. 비행기 안에서 생각했다. 다음에 다시 한번 홍콩에 올 기회가 생긴다면 꼭 자유여행으로 와야겠다. 그 땐 시간적 여유를 가지고 더 많은 카페를 다니며 더 깊이 있게 경험해 봐야겠다고 생각했다. 아직까지 홍콩 카페들의 여운이 가시지 않는다. 뭔가 중요한 것을 그곳에 남겨 놓고 온 듯한 안타까운 마음이 든다.

또한 친한 친구를 남겨 두고 다신 못올 길을 가는 느낌이 든다면 너무 오버한 걸까? 굉장히 즐거웠음에도 미련이 남는다. 또 다시 가 볼 수 있을까? 여기서만 느꼈던 커피를 다시 마셔볼 수 있을까?

마지막까지 미련은 나의 마음자락에서 떨어지질 않는
다.

맺는 글

이번 여행이 나에겐 행복한 시간들이었다. 뭐가 그렇게 좋았을까를 생각해보면 답을 하긴 좀 그렇지만 coffee가 주는 것들은 나에게 만큼은 특별했다. 내겐 너무 힘들고 외롭고 무서웠던 시간들이 있었을 때 조금이나마 잊게 해주고 잠시나마 기쁨을 주었다. 커피로 인해 몰두할 수 있었고 친구들도 만날 수 있었다.

조금은 광적으로 커피를 알기 위해 한동안 끝없이 배우러 다녔다. 우연한 기회에 커피 바리스타 강사과정을 알게 되어 20명이 함께 몇 달을 한 울타리 안에서 배우고 단체 활동을 했다. 우리에겐 서로 소속이 생겼고 서로 의지하고 도우면서 활동했었다. 해마다 실시하는 남양주 슬로푸드대회에도 나가 부스를 얻어 커피를 파는 일도 협동하여 해보았다. 힘은 들었지만 우리 부스에만 끝없이 줄서 있는 사람들을 보면 절로 힘이 솟았다. 그 시간들이 한없이 뿌듯했었다. 그 이후 자격증만 해도 한국커피협회부터 시작하여 유럽바리스타, 브루윙, 센서리까지 가지고 있고 이탈리아 바리스타까지 섭렵했다. 핸드드립 또한 프로페셔널까지 마쳤다. 그렇다고 대단한 실력을 가지고 있는 것은 아니다. 실력은 자격증이 말해주는 것이 아니라 오랜 경험과 노력에서 나오는 것이기 때문이다.

물론 운 좋게 전문 카페는 아니었지만 몇 년간 일해 볼 수 있었다. 좋은 경험이었고 앞으로 무엇을 하든지 많은 도움이 되리라 생각한다.

요즘은 내 인생 제 2 막을 준비하는 중이다. 그 속엔 커피와도 함께 할 것이다. 내 곁엔 전폭적으로 지지해주는 사랑하는 나의 딸이 있다. 내가 뭔가 하겠다고 할 때마다 "엄마, 열심히 한번 해봐. 엄만 할 수 있어!"하며 항상 힘을 실어준다. 그러면 난 바보같이 할 수 있다고 생각하게 된다. 딸의 말은 살아 움직여 내게로 오는 거 같다.

앞으로 커피여행을 다니려한다. 딸과 함께면 더 좋겠고 그렇지 못하더라도 난 끝없이 커피를 찾는 여정을 계속할 것이다. 예전에도 많은 카페를 다녔지만 이 책을 계기로 나만의 커피여행을 책으로 담는 작업을 계속하리라 다짐해본다. 그 길에 다정한 벗과 함께여도 좋겠고 새로운 친구와 함께여도 기쁘고 혹시 그렇지 못하더라도 혼자 나서보려 한다. 몹시 설레고 가슴이 뛴다.

'난 할 수 있다! 세상 끝까지 한번 가보자꾸나!' 맘속으로 주문을 외워본다.

참
고
문
헌

바리스타는 왜 그 카페에 갔을까? <강가람 지음>
　　　　　　　　　　　　　　　　　- 지콜론북 -

COFFEE INSIDE <유대준 저>　　　　　- LION -

COFFEE TOOLS <박성규, 이사무엘 지음>
　　　　　　　　　　　　　　　　　- 열린세상 -

커피 브루잉 <도형수 지음>　　　　- 아이비라인 -

커피 홀릭's 노트 <munge 지음>　　　　- 예담 -